LOVE RULES

ラブ・ルールズ

ネット時代に最高のパートナーを見つける15の法則

ジョアンナ・コールズ＝著
石山 淳＝訳

飛鳥新社

はじめに

この本を手にとったあなた、こんな思いをしてませんか?

いまのカレ(あるいはカノジョ)が理想の相手じゃない気がする。だからといって別れたくはない。そうすることがベストかどうかもわからない……。

マッチングアプリでパートナーを見つけようとしたこともあるのでは? 今時、まったく普通のことですよね。あるいは、そこまでじゃないにしても、フェイスブックで興味をもった相手のプロフィールを調べつくしてメッセージを送るぐらいはしているかも。それなのに、結局はどれも空振り……。

ネット時代になって出会いの場が広がったように思えるのに、結局ドキドキしてはがっかりの繰り返し。

食事のあとで相手の部屋にまで行ってみたのに期待はずれで、「わたし、いったいここで何をしてんの？」とめちゃめちゃ自己嫌悪。あげくの果てに翌朝、その相手に「悪いけど、今日は早く出なくちゃいけないんだ」なんて起こされて、そそくさと帰り支度するなんてハメに。

そうかと思えば、ちょっといい男性に出会ったとたんに一人で勝手に盛り上がり、最初の一杯で結婚する二人の姿を妄想し、次の一杯では子供の名前まで考える。それなのに、お店を出たが最後、彼から連絡は一切なし。ＬＩＮＥも来なきゃショートメッセージもない……。

まわりのみんなは毎日楽しそうに「婚約しました」だの「結婚しました」だの「子供ができました」だの、そんなメッセージばっかり送ってくる。友だちはあんなにハッピーなのに、わたしだけが取り残されてる？

自分だって、うらやましがられる立場だったこともあれば、恋人がいた時期もある。でも大学を出たとたん、あちこち目移りして別れることになった。29歳のいまになって、「ああ、あれが失敗だったんだ」とつくづく思う。その後、彼は婚約したって噂で聞いたけど、わたしはまだ一人。思えば、彼ほどわたしを大切にしてくれた人はいなかった……。
若くして結婚して順調な結婚生活を送っていたはずなのに、気づいたらうまく行かなくなっていて、ついに離婚。こんなはずじゃなかった、理想の相手を見つけようとマッチングアプリにプロフィールを登録してみたら、いきなりアダルト動画が出てくる始末。出会い系なんて、臆病《おくびょう》なわたしにはとても無理……。

この本は、そんなあなたのための一冊です。

私たちの恋愛を取り巻く環境はどんどん変わっています。新しい時代には、新しい恋のルールが必要なのです。

正直な女性ほど損をする！　新しい時代のルールって？

パートナー候補となる異性と出会う方法も昔とは違い、いまや正直な女性ほどつらい思いをする時代。

これまで理想とされてきた社会のリーダーやアイコン的な存在が、セクハラ問題やスキャンダルでみるみるうちに奈落の底へ。一方で、長いあいだ沈黙してきた女性たちは、セクシャルハラスメントや侮辱《ぶじょく》的な男性に対して声をあげはじめています。

私が本書を書こうと思ったもうひとつの理由もそこにあります。こんなにも危険で複雑な時代に生きる女性たちをナビゲートしてあげたいのです。

恋愛とダイエットは同じ！「ジャンク」は捨てましょう

いまの時代、愛を見つけるのはまったく難しいことではありません。友だちの友だちがアプリで出会ったノーベル賞受賞者と結婚したなんてこともあるぐらいです。

だから、あなたがいまどんな状況だとしても、絶対にあきらめないでください。

これは、あきらめないあなたのための「恋愛ダイエット本」です。

食べ物と愛は、とても似ています。どちらも、私たちの欲望をかきたて、生きていくには欠かせません。そしてどちらも、だれにでも平等に与えられるわけではないのです。

ジャンクフードがあるように、「ジャンクな恋」もあります。

ジャンクフードと同じように、ジャンクな恋もお手軽で便利。どこでも手に入るし、そこそこおいしい。ところがカロリーばかり高くて栄養はさっぱり。

しかも、あんなに食べたのにまたすぐに食べたくなって、あとで罪悪感のかたまりに……。

ジャンクフードもジャンクな恋も、鉄のように強い意志でもないかぎり、とても抵抗できません。

とりわけ私たちがいま生きているこのデジタル時代は、なんでもペースが速く、たくさんの人が孤独を感じています。

現代の恋愛事情を支えるＳＮＳやマッチングサイトは、食べ物の世界でいえば《ウォルマート》や《コストコ》のような巨大スーパーマーケットと同じ。スナック菓子やファミリーパックのポテトチップスがぎっしり並んだ棚はとても魅力的です。

でも、あなたには、そこを素通りして、新鮮な野菜や果物、オーガニックなリンゴやアーモンドの売り場にたどりついてほしい。それがどうして大切なのか、どこでどうすればそれを見つけられるのかを知ってほしいのです。

自分のカラダとココロの栄養になる恋愛関係は、ジャンクフードではなく、無農薬のリンゴのようなものです。心からしっくりくる相手や、いつもずっとそばにいてくれる誰かと育てていく、思いやりと信頼に根ざした関係なのです。

この本では、そのための「ガイドライン」ともいえるルールを紹介しています。

カリスマ編集者が心理学者から若い読者まで、最先端の声を集めた結果……

そのルールは、長年『コスモポリタン』や『マリクレール』などの女性誌の編集をしてきた私が、これまでに知りえたあらゆる知恵と経験を積み上げてつくりあげたルールです。

心理学者、社会科学者、人類学者、医師、大学教授、心理療法士、宗教家といったさまざまな分野の専門家や、メディアの世界で一緒に仕事をしてきた若い女性たち、それにこれまで仕事で出会ってきたたくさんの人たちの話をもとにまとめました。

仕事、お金、友人、ファッション、貯金……。そのどれもがうまくいっていて、頭もよくて、自立もしているし、成功もしている。

それなのに、自分が「幸せ」とは思えない……。恋愛でもツイてないことばかり……。そんな女性がどれだけいるでしょう。

誰もがうらやむような人生をつくりあげたはずなのに、気づいたら、その人生をともにするパートナーや子供がいない……。

恋愛や幸福感が彼女たちの手からこぼれ落ちてしまったのです。

子供は2人いるけれど結婚生活には失敗、人生をともに過ごす相手なんてもう2度と見つかりっこないとあきらめている女性もおおぜいいます。

そんな女性たちと話しているうちに、私は、「上手に恋愛するためのルール」が必要だと気づいたのです。

この本は、あなたが自分は恋愛関係に何を求めているのか、どんなときにそれを求めているのかに気づくためのお手伝いをします。

心理学者によると、自分の行動を冷静に分析して変えていくには「パターン認識」が重要だとか。

この本では自分の行動パターンを知り、自分が受けつけないもの、アレルギーがあるものを知ることもできます。自分の恋愛関係の栄養バランスを考える優秀な栄養士になれるのです。

うまく行かない恋愛ほど疲れるものはないですよね？

反対に、順調な恋愛ほど人生を楽しく、豊かにしてくれるものはないのです。

あなたが見るもの、感じるもの、味わうもの、すべてが、いまよりステキになりますように。

LOVE RULES CONTENTS

PART 3 落とし穴にご用心

PART 4

NY流 自分も相手も輝かせる付き合い方

LOVE
RULES
BY
JOANNA COLES

PUBLISHED BY ARRANGEMENT WITH HARPER COLLINS PUBLISHERS
THROUGH JAPAN UNI AGENCY, INC. TOKYO

PART 1

まず、自分への誤解を解きなさい

RULE 1

恋はダイエットと同じ。最初に「無理のない理想体重」を決める！

いきなりですが、裸になって、鏡のなかの自分を見つめてください。準備はいい？

それでは自分に、こう質問して。

「私が恋愛に求めているものは何？」

「理想のシナリオってどんなもの？」

とにかく自分に正直になること。

まず、自分が夢みる理想の相手はどんな人？

次に、理想じゃなくて現実的に考えると、どんな人？　2つを分けて考えること。

誰にも理想体重があります。

その体重になれればうれしい。なにしろセクシーだし、自信が持てる。でも、2キロ、４キロ、あるいは20キロと理想体重から離れていくと、どんどん絶望的な気分になって、もはやコントロール不能！

そうなればもう、ジャンクフードをやけ食いしたり、手当たり次第に馬鹿食いしたり……。だから、まずはいまの自分、いまの恋愛の現実を直視することが大切なのです。

自分を正直に見つめるのは体重計にのるのと同じ。いまの体重は何キロ？　それは理想体重？　理想体重じゃないなら、何キロになりたい？　身長が１６５センチで体重は65キロ、体重を50キロまで落としたいなら、こう自分に質問してみて。

「50キロまで落とすなんて本当にできる？」

そもそも、いままで一番軽かったときで何キロだっけ？

その体重を維持するのにどれほど苦労した？

そう考えると、あなたの場合、55キロぐらいが現実的で健康的な体重、ということになるかもしれません。これを恋愛に置きかえてみるのです。

あなたの親友は、あなたが見て〝カンペキ〟な相手とつきあっている。でも、それって誰にとって〝カンペキ〟なの？　彼女にとって？　それともあなたにとって？　現実的な理想体重と同じで、恋する相手として現実的なのはどんな人？

ジョン・レジェンドやライアン・ゴスリングみたいな見るからにかっこいい人じゃなくて、現実的に考えるのです。

勤め先のIT部門にいるあの人かもしないし、いつも思わせぶりなメモをデスクに貼っていく、あの人かもしれない。同じ寮にいるシャイな哲学科の彼かもしれない。あの彼、どう考えても私に気がある。友だちはダサいって言うけど、気がつくと私は彼のことを考えている。実際、彼と話すと心がウキウキしてくる……。

とりあえず、まわりの人たちがなんと言っているかは忘れること。母親、親友、姉妹、同僚、隣の人など、まわりが「あなたにピッタリ」と薦《すす》めてくれる人のことを考えるんじゃなくて、あなた自身がどういう人を望んでいるのか、そこをはっきりさせるのです。

自分自身をありのままに見るのが難しいワケ

そうは言っても、これがなかなかむずかしい。私たちは日ごろ、他人の目を通じて自分を見ているからです。

「鏡に映った自我」という言葉を、聞いたことありますか？　1902年にチャールズ・ホートン・クーリーという社会学者が使った言葉で、「私たちは普通、他人の反応を通じて自分を見ている。他人を鏡にして自分をとらえている」という考え方です。

ところが今日の社会では、この鏡が昔の何千倍もに広がっています。自分と他人とを比較するポイントが多すぎて、自分がどういう人間なのか、その認識を誤るのです。サイバー心理学者のメアリー・エイケンもこう言っています。

「私たちは、自分の真実の姿より、他者を通じて与えられる〝自分自身の像〟を理解しようとすることに、より多くの時間を使っている」

ですから、最初のルールは「まず自分の真実の姿について考える」こと。自分の心をときめかせるものはなんなのか、自分をドキドキワクワクさせるものは何か、自分のなかに長く残る感情はどんなものか、の3つを知ることが特に大切。それが、長続きする恋愛のカギなのです。

だからこそ、まず「私が恋愛に求めているものはなんだろう？」と考えてほしいのです。

「汝《なんじ》自身を知れ」

古代ギリシャで生まれたこの格言を、現代風によみがえらせるべきなのかもしれません。心理学者エイケンが言うように、私たちは自分を他人と比べることにたくさんの時間を費やしています。

その「人」は、あなたの親友かもしれないし、その親友は弁護士で、ハイテク関連の実業家と結婚したばかりで、お腹には29歳で初めて授《さず》かった赤ちゃんがいるかもしれない……。

また、その「人」は、あなたの同僚かもしれません。彼女は、あなたを差しおいて昇給を果たし、アプリで出会ったステキな男性ともう3回もデートしている。あるいは、その「人」は、テレビドラマによく出ているような、ありえないぐらいのセレブかもしれません。

ともかく、誰もが他人の生活を覗《のぞ》いたり、まねたり、理想化したりすることに熱心なあまり、他人と比べないと自分の本当の姿や本当の望みがわからなくなっています。

「他人はともかく、私自身は何を幸せと思うのか？」

その答えはわからずじまい。

何を望み、何を必要としているかは人それぞれ違います。これまでの経験、これからの計画によっても違います。

本当を言えば、あなたは経理部のシャイでもの静かな彼が気になっているのかもしれません。でも、あなたの親友は、スポーツジムでいつもあなたの気を惹《ひ》こうとジョークばかりを飛ばしているトレーナーとデートしてみれば？　って言っている……。

心の底ではどうも違うような気がするのに、まわりから「あなたにピッタリよ！」と言われると、「そうなのかも……」と思ってしまう。

そんな考え方はもうやめましょう。

レストランで注文をするときに友だちに「何がいいと思う？」ってきいたとしても、結局決めるのは自分自身。まわりの声や、「こんなことをしたら人からどう思われるか？」なんて思いは、とりあえず脇に置きましょう。

そして、「私がパートナーに求めているものはなんだろう？」と考えてみてください。まずはあなた自身で選ぶこと。まわりからどう言われるだろうなんて心配はあと回しにすることです。次の質問に答えて、自分の望みをはっきりさせておきましょう。

自分が理想とする恋の目標をはっきりさせましょう

以下の空欄を埋めてみてください。

私が見つけたいのは、「　　　　　」な人。

＊あなたが理想とするパートナーに必要な条件を3つ書きましょう。

「　　　　　」

「　　　　　」

「　　　　　」

＊まわりの人が「あなたにピッタリ！」という相手と、あなたが望む相手とはどこが違うかを考えてみましょう。

両親「　　　　　」

親友「　　　　　」

親戚「　　　　　　　　　　」
同僚「　　　　　　　　　　」
ネット上の友人「　　　　　　　　　　」
＊まわりの人が「あなたにピッタリ！」という相手は、あなたの望みと合っていますか？
「　　　　　　　　　　」
＊合っているとすれば、どういう点で？
「　　　　　　　　　　」
＊合ってないとすれば、どこが違う？
「　　　　　　　　　　」

RULE 2

ノートを買う
―自分に正直になる練習

自分が恋愛に何を望んでいるのかがはっきりしたら、次にするのは、具体的なアクションプランを立てて、それを実行に移すことです。

ここでもダイエットと同じで、現実的な目標を立て、何がなんでもそれを達成しようと思いつづけ、毎日チェックすることが大切。怠《なま》けたり、失敗したりしても、自分に正直になってその原因にきちんと目を向けること。

毎日の歩数、レム睡眠の回数、炭水化物の摂取量、心拍数……。いまや健康のためになんでもスマホに記録できる時代です。恋愛生活も同じ。データをきちんととって、その結果を検証すればいいのです。あなたの「やること《to do》リスト」に目標や行動を書き込みましょう。

「でもいったい何から始めればいいの？」
そう思うのは当然です。

まずは、恋愛について書き留めるためのノートを買いましょう。
ノートなんて古くさいなんて思わないで。キーボードを叩くより手で書いたことのほうが記憶されやすいという調査結果がたくさんあるのです。それでも、手書きなんてムリ！　と思ってパソコンやスマホを使ったとしても、記録しないよりはずっとマシです。

とにかく、目標をはっきり掲げた恋愛日記をつくって、毎日きちんと記録する。しかも、ほかの行動リストやほかの記録より「優先」しましょう。

できればページが切り離せるレポート用紙タイプではなく、上質で美しい、書くのが楽しくなるようなノートを用意してください。そうすることでやる気もアップするからです。

私も、これまで大きなノートから小さなノートまで何十冊も使ってきました。なかには、最後までぎっしり書き込まれたページもあれば、白紙のまま思いや誓いが書き込まれることを待っているページもあります。

ノートは必ず持ち歩くようにしています。

何かの引用、ちょっとした思いつき、偶然読んだり耳にしたりした名言、ふと思い描いた夢や希望などを書き留めておく。そういう瞬間はいつ訪れるかわからないからです。いまお話ししているノートは、あくまで自分の恋愛を記録するものです。

ノートのタイトルは、お気に入りの格言、お気に入りの歌の一節、憧《あこが》れのスターの言葉……なんでもかまいません。ノートは誰にも見つからない場所に保管しておくこと。誰も想像できないような場所にしまって、あなただけが読めるようにしておきましょう。

さて、そんなノートを用意したら、ここでちょっと時間をかけます。そう、1時間もあればいいでしょう。グラス1杯のワインを用意するか、あるいはカフェにでも行って、最初のページを開き、次の質問に答えてほしいのです。

これからの恋愛に望みたいものは何？

たとえば、次のなかにあなたの望みがあるでしょうか？　でも、望みは人それぞれ、状況によっても違うでしょうから、以下はあくまで例にすぎません。

＊あとくされのない、楽しむためだけのセックス？
＊もっと笑いがほしい？　もっと信頼感がほしい？
＊一緒に旅行できる相手？　一緒に冒険できる相手？
＊《ネットフリックス》でも見ながら一緒にまったりできる相手？
＊土曜の夜、何をしようかなんて特に考える必要もない、気軽に会える相手？
＊最近受けた失恋の痛手を乗り越えるために、力になってくれる相手？
＊来年にも結婚してくれて、新しい家族となる相手？

＊ひとりで出かけるのはちょっと……というイベントに一緒に行ってくれる相手？

ゆっくり時間をかけて、真剣に考えてみてください。自分のことを知れば知るほど、正しい答えが見つかるはずです。

こんなふうにパートナーに対して望むことを書き留めてみると、それがあなたを導くガイドラインになります。

仕事も趣味もがんばるあなた。そろそろ恋愛の予定も立ててあげて

恋は予測不能。ある日突然やってくるもの。人生を変える相手がいつ目の前に現れるのか、その瞬間までに何があるのかを正確に予測するなんてとてもムリ。

だからこそワクワクドキドキするわけですが、怖《こわ》くもなるのです。いつ始まるのかわからない新しい関係を待っていると、いつしか無力感に襲《おそ》われ、もどかしいと思う

かもしれません。だからこそ、自分主体のガイドラインを決めておくのです。

あなたに合う恋愛を決めるのは、あなたなのですから。

考えてみて。

あなたは仕事を持ち、ちゃんとした家に住み、クローゼットには服がいっぱい、外見にも健康にも気をつかい、家族や友人たちとの付き合いもそれなりにあるのでは？　必死に大学や短大を出て社会で働いているのも、そういうものを手にするためですよね。それなのに、そうやって手に入れたものを分かち合う理想のパートナーを見つけなければならないとなったとたん、無力感に襲われるのはなぜ？　恋愛でも同じことがきっとできるはず。

20代は、女性の人生のなかでいちばん輝かしい時期です。学校も卒業し、さあ、これから仕事するぞ！　という意欲満々で、セックスライフにも興味津々。一方で20代はいままでの自分に別れを告げ、自分ひとりの生活に乗り出さなければならないので、ちょっと不安な時期でもあります。

20代半ばから30代半ばまでの時期は、セックス面のピークとよく言われています。だから、いろいろな相手といろいろな経験をしたくなる。

でも、多くの女性が「できればひとりの相手と長続きする関係を築きたい」とも望んでいます。あなたもそうなら、そのことをきちんと認めましょう。認めると、気持ちが楽になります。

恋愛に関してもたくさんの著書のある、生物学者であり人類学者でもあるヘレン・フィッシャーは言います。

「女性の多くはそんなの時代遅れだと思っていますが、生涯をともにする相手を見つけることや、その相手とだけセックスを続けることは、私たち人間の本質的な習性、究極のご褒美《ほうび》なのです」

20代にご褒美と思っていたことが年をとっても同じかというと、そうはいかないかもしれません。結婚生活に失敗して、新しくつきあう候補は大勢いるのに、毎日がちっとも楽しくないこともあるでしょう。大切なのは年齢ではありません。いくつであろうと、自分は相手に何を求め、何を必要としているのかを考えれば、自分が探しているものを見つけられるのです。

銀行の預金残高を調べてほっとするように、ちょっと立ち止まって恋愛関係で目指すゴールについて考え、その目標に近づいていると実感できれば安心するはず。

誰かとせっかくいい感じになったのに、こう言われたとしましょう。たいていはセックスのあとです。

「とってもよかったよ。でも、結婚とかそういうシリアスなことは考えてないんだ。そこは勘違いしないでほしい」

あなたはうなずき、平静を装います。それどころか、こんなことを口走ってしまうかもしれません。

「安心したわ。私もそういうシリアスなことは考えてないの。仕事も忙しいしね」

あなたは打ち砕かれた希望をなかったことにして、スキニージーンズに必死で足を通し、「平気、大丈夫」というふりをする。でも、実際は、全然平気でも大丈夫でもないはずです。

そう、いまこそ、自分自身にもまわりの人にも正直になりましょう。

恋愛だって自分が主体的に選べる！

自分に合う仕事を探すときには、あれこれ調べまくるのでは？

高校時代は大学で何を専攻しようかと悩み、大学ではさらに4年間卒業後の就職先を心配します。自分の夢について誰かに「そんなのムリよ」なんて言われようものなら、未来が否定されたような気がして反論するはず。

それなのに、こと恋愛となると熱心に調べようとはしません。お酒を飲みながら友だちと「恋バナ」で盛り上がるのがせいぜい。しかも、そういうときの友だちのアドバイスほど役に立たないものはありません。もちろん学校では、恋愛についてなんて何も教えてくれない……。

それなのに本気で取り組もうとしないのは、恋愛は自己流でなんとかできると考えているか、逆に完璧なパートナーが突然現れるまで自分にできることはないと思い込んでいるか、どちらかでは？

でも、現実はそう簡単にはいきません。たとえば、離婚してひとりで子供を育てていると、新しい相手を探すぐらいならもっといい仕事についたり職場を変わったりするほうがずっといいなんて思ってしまったり……。

たいていは、恋愛でも仕事と同じように慎重にいろいろ調べなければいけないはずなのに、そうすべきだったと気づいたときには手遅れ。誰かとロマンチックな関係になると、つい舞い上がって、新しい恋が始まったことに安心してしまいます。

「もっと共通点の多い相手のほうがいいんじゃない？」

「一緒にいるのが心から楽しい相手、せめて自分を尊重してくれる相手のほうがいいんじゃない？」

なんていう心の声を聞き逃してしまうのです。

女性はいま、かつてなく〝平等な〟社会に生きています。管理職につく女性も学歴の高い女性も増えています。スポーツの分野での女性の活躍もめざましいものがあります。

私は、仕事を通じてたくさんの若い女性と話す機会がありますが、聡明で野心的で能力のある彼女たちが、こと恋愛となると、ひと昔前の女性以上に古典的な考え方に縛られています。

セックスに関してはいまや自由な時代、そのことで非難されることもありません。

それなのに、「カラダの関係をもったあとに思っていたほど心が満たされない」と語る女性が多いのです。

「いまの生活は好き。仕事も好きだし、友だちも好き。でも、独りでいる自分なんて想像したこともなかった。自分がいまみたいな立場になるなんて考えたこともなかった」

そんな言葉を何度も聞きました。

ですから、パートナーとして未来をともにしたいと言い合える恋愛関係を望むのなら、いまこそ正直にそのことを認めましょう。

30代半ばで結婚して子供を産むとか、年末までには何とか真剣な交際ができる相手を見つけるとか、そういう目標を立てたら、とにかくその目標を達成するための戦術を立てることに集中すること。

次の質問で、自分のことを発見できるでしょう。

自分の願いを知るための質問

＊ルール1の目標を実行してから、あなたの恋愛生活に変化はあった？
＊あったとしたら、いまのあなたは何を目標にしている？
＊その目標を達成するために、やるべきことを着々とやっている？
＊自分をその気にさせるものは何？　新しい恋を見つける障害となっているることは何？

大切なのは、自分に正直になること。自分の望みをしっかりと把握し、望みをかなえるには何が障害になっているのか考えること。

目の前にクッキーが４枚あって食べるのは半分だけと決めたのに、結局４枚とも食べてしまって情けない思いをする……。そんなことは誰にでもあります。それが習慣になっている人さえいます。恋のダイエットを成功させるには、まずは自分のそんな弱さを知ることが大切なのです。

RULE 3

心をデトックス！ 過去の経験を一度ぜんぶ吐き出してみる

減量したい。減量まではしなくても、とにかく健康になりたい。

そんなとき、まず最初にするのは食生活の見直しですよね。

多くの女性は、食事をするたびに「目に見えないカロリー計」でカロリー計算をしています。自分なりの計算ルール——パンは食べないけど、モヒート2杯のおつまみにポテトフライはまあいいか……。身に覚えがあるのでは？　糖質はとらなくても、タンパク質とチョコレートはいつもの倍とって、それでもお腹いっぱいにならないのでどうしようかと悩んだり……。とにかくバランスが悪い。

あなたは、恋愛においても同じようなごまかしをしていませんか？

たとえば、元カレと寝てしまったとしましょう。「セフレを増やしたいわけでもないから、まあ、いいか」なんて思っていませんか？

でも、それって余計な感情カロリーを摂取したのと同じです。「彼の新しいカノジョはどう思うんだろう？」とか「そもそも私たちってどうして別れたの？」といった心の声を抑えることができなくなるからです。それでは、先には進めるどころか、あと戻りするだけ。そんなエネルギーはもっと違うところに使うべきです。

優秀な栄養士なら、まずはあなたの毎日の食習慣について知りたがるでしょう。

午後4時までは何も食べないと決めたのはいいけど、4時を過ぎたとたんに手当り次第にがつがつ食べまくる。落ち込んだあげく、もう絶対に食べない！と心に誓う。でも、翌日はまた同じパターン。夜のワインは1杯だけと決めたから15分もかけてちびちびすすってみたり、グラスよりボトルで注文して分けたほうがずっと経済的だと自分を納得させたりしていませんか？

まずは、カラダがよい状態でいられるために必要なカロリーをとっているかどうかを調べてみて。

栄養士ならきっと、こんなことも言うでしょう。ご家族に肥満の方はいますか？

摂食障害になったことはありますか？　ＢＭＩはいくつですか？　恋愛も同じことです。

次の質問で考えてみましょう。

あなたの恋愛観がわかる質問

＊いままで恋愛したことはある？

＊初恋の相手は誰だった？　両思いだった？

＊カレ（またはカノジョ）は、あなたに優しくしてくれる？

＊あなたはカレ（またはカノジョ）に優しくしてる？

＊いままで何人とつきあった？　期間はどれぐらい？

＊どんなふうに別れた？

＊どんなタイプの人に惹かれる？

＊3か月以上長続きした恋愛は、いくつある？

＊1対1の恋愛関係がいいと思う？
＊相手を裏切ったことはある？　浮気した理由は？　どんな気分だった？　その結果、どうなった？
＊恋愛においていちばん幸せだったことは何？　幸せを感じたのはなぜ？
＊最後にそう感じたのはいつ？

パートナーの「棚卸し」をしてみよう

次のステップは、いままでつきあったパートナーの「棚卸《たなおろ》し」。うまく行った相手もうまく行かなかった相手も全部書き出してみましょう。「過去」という棚を全部開け、冷凍庫の奥もすべてきれいにしましょう。

あなたは、カロリーを考えてダイエットコークを冷蔵庫にいつも入れておきながら、仕事帰りにこっそりアイスクリームを買ったりしてない？　エクササイズに出かけると言いながら、寒いからなんて言い訳して今日はお休みなんてことになってない？ ランチはカテッジチーズとニンジンだけにしたのに、午後4時を過ぎるとドーナツをがっつり食べていたりしてない？

ダイエット本の多くは「10週間で痩《や》せられる！」なんて宣言しますが、この本ではそんな約束はしません。

幸福で満ち足りた恋を見つけたいのであれば、まずはあなたが自分自身の行動パターンを把握してください。一夜限りの関係、ネット上のちょっとしたやりとり、片思いの経験、少しでも希望を持たせてくれたティンダーのスワイプ（あるいはほかのマッチングアプリで気に入った相手）……ぜんぶ書き出して。

いままで関係した相手、気になってしかたない相手、浮気した相手。毎朝、ダイエットのための運動を始める前に体重計にのったり鏡に全身を映したりするように、自分の過去の恋愛を洗いざらい正直にさらけ出してデトックスすることが大切なのです。

過去の恋愛遍歴《へんれき》のなかで自分がどういう役まわりだったのかも忘れずに書き出すこと。自分はなぜ独りなのか、いまこそ考えるときです。

自分が社会とどう向き合っているのか、まわりにどう映っているのかを知ることも大切。恋のダイエットを始める前に、自分自身がデートの相手だったらどう思うかを想像してください。

自分は人とどう接しているか？

誰かが自分のことをネットで検索したらどんな検索結果が出てくるか？

自分はまわりの人にとってどんなイメージを与えているかも、考えてみておくべきポイント。

あなたはどんな人と思われてる？

＊飲み会の写真をSNSに上げるとしたら、自分だけが映った写真？　ほかの人も一緒の写真？　それとも、ほかの人があまり見たくないような大騒ぎしている写真？

＊世の中のニュースはきちんとフォローしている？

＊自分が会話の中心になることがある？　自分の話しかしていないこ

とはない？
＊あなたは思いやりのある人？
＊あなたは聞き上手？
＊あなたは野心的な人間だと思われている？

お疲れさまでした。

ここでちょっと「自撮り」して、客観的に自分を見てみましょう。

「あなた自身とデートするとしたら、どんな気分になると思う？」

そんなことに簡単には答えられないっていうなら、両親やきょうだいや友だちに聞いてみましょう。

会社では、仕事ぶりを知るのに本人のまわりに尋ねて評価することがあります。それと同じこと。信頼している人に、あなたのいいところや、反対にあなたはどうすればもっとうまくやれるかを聞いてみて。その答えにたとえ納得できなかったとしても、あなたについてまわりの人がどう思っているかはわかります。それを知ることは、あなたに大切なヒントを与えてくれるはずです。

次に、付き合っていた相手と別れた原因を書き出してみましょう。「パターン」が浮かび上がってきませんか？

まわりの人があなたについて語ったことと共通点はない？ 自分勝手、だらしない、ずうずうしい、ケチ、乱暴、おもしろみがない、おもしろすぎ……。まわりの人があなたに抱いている不満が恋愛関係にも見え隠れしていませんか？

あなた自身についてきいてみて、誰からも必ず出るコメントは？

あまり聞きたくないコメントは？

もしかしたら、そこに真実があるのかもしれません。

初恋の相手に秘められた深いイミ

ここで思い出すのは、友だちのダニエルの話。彼女は30代のはじめまで、自分が乳糖アレルギーであることを知りませんでした。あるとき、ひどい食あたりを起こし、救急車で運ばれて数日間入院することに。

そのときやっとわかったのです。食あたりの原因は中華レストランで食べたポークチョップでしたが、入院3日後から少しずつ流動食で食事を再開してみると、牛乳や乳酸品に強いアレルギーがあると判明したのです。生焼けのポークチョップで食あたりを起こしたことで、乳製品アレルギーを持っていることがわかったわけです。彼女はこう言いました。

「これまでいつも体調が悪くて身体中がむくんでいた。体調がいいっていうのがどんな感じなのか思い出せないぐらいだった。でも、食あたりで絶食したおかげで、はっきり原因がわかったのよ」

恋愛も、このアレルギーの話と同じ。

いまつけているノートとともに自分の過去を振り返り、幼稚園のころの初恋も含めて、かなわなかった恋心についても全部書き出してみましょう。

私の初恋の相手は、小学校で同じクラスだったアンドリューという男の子でした。ブロンドの髪をうしろになでつけ、クラス委員に立候補するような子で、女の子たちはみんな彼の気を惹こうとしていました。年に一度の学芸会で「バラの王女さま」になった私は、「王さま」役の彼と一緒に舞台に立つことになりました。アンドリューは自信にあふれていて人を笑わせることが大好きでした。

実は、この本を書くまで、私はアンドリューのことなど思い出したこともありませんでしたし、もちろん彼も私のことなど忘れているはず。でも、いまにして思うと、アンドリューは、のちに私が好きになるタイプ、付き合うことになった男性たちの原型のような気がします。

自分が心惹かれた相手を一人ひとり思い出してみると、自分がどんなタイプに魅力を感じるのかがわかります。

物静か、おもしろい、控え目、まわりをぐいぐい引っ張る、変わり者、常識的、リーダーっぽいなどなど、そのパターンが見えてくるはず。

初恋の人の名前も必ず書き留めておくこと。それは男性だった？　女性だった？　その人はいくつだった？　惹かれた理由は？　結末は？　それを書き留めたら、以下の質問の答えも書いておきましょう。

あなたの恋愛史

＊いままでの自分の恋の歴史をひと言で表現すると？
＊同時にふたり以上と付き合ったことはある？　ずっと1対1で付き合ってきた？
＊絶対ムリ！　っていうのは、どんな相手？
＊恋愛において、自分はラッキーだと思う？　アンラッキーだと思う？
＊いままでにセックスした相手は何人？　そのうちネットで出会った人は何人？　まったく知らない相手との関係は何回ぐらい？
＊知らない人とのセックスのいいところは何？

＊セックスでいちばん楽しいのはどういうところ？
＊いま恋愛中なのに幸せじゃないとすれば、その関係を続けている理由は何？
＊あなたが恐れているのは何？
＊付き合っている相手と一緒にいるとき、あなたの性格はどう変わる？
＊はっきりわからないけど、あれは性的暴行だったのかもしれないと思うような経験はある？

性的暴行を受けたことがあれば書き留めておきましょう。決して珍しいことではありませんし、私がこの本を書きたいと思った理由のひとつもそこにあります。

とにかく、いままでの出会いについて思い出せることはすべて書き出すこと。フェイスブック上で気になっている人のことも忘れずに。その男性の休日の写真を見たり、彼のインスタグラムの写真に他の女性たちがどれくらい「いいね」を押しているかを調べたりするにどのくらいの時間を使ったかも書き出すこと。

一緒に暮らしてほしい／プロポーズしてほしい／親の家を出て独り暮らししてほしい／あなたが行きたいと思っている場所へ連れて行ってほしい……など、あなたがいつも相手にしてほしいと思っていることも記録しましょう。

「デートなんてつまらない」なんて文句を言う前に、いまの恋愛関係でそんなふうに思ってしまう原因は何なのか、何が起こっているのかを分析しましょう。

とにかくすべて書き出して、それを見てみることです。骨が折れるかもしれませんが、一度やればかえって気持ちがラクになります。

あなたを傷つける関係に陥らないために

よくない食習慣が簡単に身についてしまうように、悪い恋の習慣も簡単に身についてしまいます。

サリーの例をお話しましょう。サリーは私の友だちの娘で、偏差値の高い自由な校風のアートカレッジの2年生。ある晩一緒に食事したときに、わたしはサリーに「週末はどんなふうに過ごしてるの？」とたずねました。すると意外な答えが返ってきました。彼女はこともなげにこう言ったのです。

「ええっと……。金曜の夜は、友だちと一緒に街へ繰り出して飲んで、マッチングアプリで会った人とセックスする。だから、土曜の朝は大学の健康センターで《プランB》を買わなきゃならないのよ」

《プランB》とは、セックスのあとにのむ避妊薬。薬局だけでなく、キャンパスの自販機でも気軽に買えます。でも、サリーのあけすけな告白には、正直、あいた口がふさがりませんでした。同時に彼女のことが心配になりました。私は彼女が毎朝スキップしながら小学校へ通っていたころから知っています
サリーはそれなりの教育を受けた聡明な女の子です。それが友だちと街へ出かけては、避妊もしないで見知らぬ男とセックスしているなんて平気で言うわけです。

「夕べは酔っ払って、誰かとセックスしたのかどうかも思い出せない。ま、とにかくアレを飲んでおかなくちゃね」

なんて言いながら《プランB》を飲んでいる。彼女たちのあいだではプランBを飲むことが自慢にさえなっているのかもしれません。

こんなことが当たり前になっているなんてぞっとします。お酒を浴《あ》びるほど飲んでほとんど記憶もない状態でセックスするのが、いまどきの大学生の流行なのでしょうか？ 《#つながろうプランB》なんてハッシュタグが飛びかっているのかもしれません。

「そんなのどこがおもしろいの？ なんになるの？」と言ってくれる仲間もいないのでしょうか？ 私は、『コスモポリタン』誌のスタッフと話してみました。その後、数週間かけて、まわりの若い女性たちに、「そういうことって珍しくないの？」と尋ねました。

そしてわかったのです。いまや、そういうことは珍しくもなんともないのだと。オフィスにインターンとして来ている女性たちや雑誌の読者に聞いてみても、「よくある話」と言っています。むしろ、20代のうちにたくさんの男と関係を持つことの意味について話したがっているほどです。

私は思いました。もっとステキなセックスの記事はないの？ 長年の思いをかなえた恋の話とか？ 喜びに満ちあふれたロマンスの話とか？ いつも頭から離れない相手がいて、自分の気持ちに気づいてほしい、メールしてほしい、できればデートしてほしいと思っているのになかなかそうならない……そんなせつない恋の話とか?

誰もが10代、20代のころに思い描く「恋」とか「愛」は、実際はどこにもないのでしょうか?

出会ってつながるのは簡単でも、そこに楽しさはあまり存在しません。現代の女性たちが躍起になって目指しているゴールは、かつての「愛」から「セックス」へと変わってしまいました。いまや、男も女もこんなふうに独り言をいう時代なのです。

「今晩、セックスしたい。相手がいるかどうかネットで探してみよう」

年齢や立場に関係なく、パートナーを探すのにこんなにたくさんの選択肢がある。それは、人間の歴史が始まって以来、初めてのことではないでしょうか。私たちは、間違いなく「新しい時代」にいるのです。

もちろんマッチングアプリやネットでの出会いを否定するわけではありません。むしろ、上手に使うための方法を知っておくべきで、それはあとで触れます。

重要なのは、この新しい時代には、女性は自分がそこに何を求めているのかをはっきり自覚していなければいけないということです。

ですから、あなたの恋愛日記には、どんなことでも全部記録しておきましょう。どれも大切な情報です。

記録しておくべきこと

恋愛についての出来事をメモすればいろいろなことがわかってくるはず。たとえば、

*あなたがいつも惹かれるのは、あなたを無視する男なのでは?

*自分の思いを伝えたら相手が驚くんじゃないかと思い、それが恐くて自分の気持ちを抑えているのでは?

*恋愛したいし期待もしているのに一向に何も起こらない。でも、そのことを気にしないふりをしているのでは?

過去のことを考えるのがつらければ、未来のことを考えてみましょう。

＊自分にピッタリのタイプはどんな人？
＊パートナーとして自分に必要な特性はなんだと思う？
＊相手の外見はよくないとダメ？　優しい人がいい？　収入が安定している人がいい？　それともアーティスティックな人がいい？
＊あなたが求めるものは何？　ムリ！　と思うのはどんな相手？　それはどうして？

あなたがいつも惹かれるのは、内向的で、一緒にいる相手が友だちだったとしてもヤキモチを焼くような人でしょうか？

あなたは、すぐに好きになってカーッとのぼせあがるのに、本人を前にすると口もきけなくなるタイプでしょうか？

元カレが同じアパートに住んでいて、新しい相手を探すより楽だからという理由だけでいまもしょっちゅうそんな彼とセックスしてたりしてないでしょうか？　そういうパターンについても考えましょう。よくないパターンから抜け出すための第一歩は、それがどんなパターンなのかを自覚することです。

あなたがいつも陥《おちい》るお決まりのパターンは何？

どうしていつもそうなるのって思う弱点はどんなところ？　そういう習慣はどうすれば断ち切れる？

自分の恋愛関係を残らず点検してみましょう。

あなたの幸せを邪魔するこんな女友達はいませんか？

あなたを絶望のどん底に突き落として去って行った元カレたち。あなたとセックスするのは火曜だけと決めていて、それ以外の日は無視、それ以上の関係にはなりたくないと思っている、魅力的だけどムカつくセフレ。

点検すべきはそういう男たちだけではありません。自分のしていることが正しいのかどうか悩んでいるあなたに、「セックスできるだけでもいいじゃない」と平然と言ってのけたりする、あなたの友人たちのことも、すべて点検してみましょう。

長い人生、いろいろな友人が現れては去っていきます。あなたが変わるにつれて友だちも変わっていくはず。

その場ではいい気分にさせてくれたのに、帰り道や次の日によく考えてみると腹が立ってくる。そんな友だちはさっさと切りましょう！　そのかわり、自分に自信を持たせてくれる友人、いいエネルギーをくれる友人、生活に潤《うるお》いを与えてくれる友人は大切に。

友人関係のダイエットも必要なのです。

女同士の友人関係は人生で一番大切なものともいえますが、こと恋愛が絡《から》むとそうでなくなることも多いはず。あなたについての噂《うわさ》話を生き甲斐《がい》にしている人さえいるのです。

あなたに嫉妬《しっと》しているくせに、

「どんな男性があなたにぴったりなのか、わたしだけがわかってる」

なんて言う友人はいませんか？

そういう人はせっかくいい感じになりかけた恋を邪魔《じゃま》することも。だからこそ、友人関係の点検が必要なのです。

あなたが間違った決断をしたときにも支えてくれる友人はいる？　あなたが困っていても手を差し伸べてくれないのは誰？　同情してくれる人は？　付き合いきれない！　と思う友人は？

恋愛も友人関係もデトックスできたら、頭痛がするといったつらい思いを一時的にするかもしれません。でも、それは我慢するだけの価値があります。カラダがジャンクフードから抜け出してバランスをとろうとしている証拠なのですから。

では、次に進みましょう。

PART 2

NY流
うまくいく
デートの流儀

RULE 4
とにかくスタートボタンを押す

「贅肉《ぜいにく》をなんとかしよう！」

そう思ってスマートウォッチを買っても、それだけで贅肉がなくなるわけじゃありません。バランスボールがあなたに代わって腹筋運動をしてくれるわけでもありません。運動をするのは、あくまであなた自身。

マッチングアプリも同じです。それは相手を見つけるための単なる道具で、使わなければ相手は見つかりません。

マッチングアプリは、相手がいまどこにいるのかまでわかるという点で画期的。でも、実際に会ってみる価値がある相手かどうかは、自分の勘《かん》を働かせなければわかりません。

実際、あるマッチングアプリの創設者、ショーン・ラッドもこう語っています。

「リアルな人間関係の代わりになるものなんてありません」

ネットの出会い系サイトは、「デートなんて簡単にできる」という幻想を生みだします。驚くほどの速さで相手とつながれるので、実際に相手と会っただけで、「2回めのデートがありかなしか？」までもがすぐにわかる気までしてします。そこに、一目惚《ぼ》れなんてものは存在しません。


あなたの友だちにも、たとえばこんな経験をして怒っている人がいませんか？

ネットで知り合って期待できそうな相手と実際に会うことになって勝負服まで着ていったのに、いざ席についたとたんに、相手がこちらをじろじろながめてこう言ったのです。

「きみはとってもステキだとは思うけど、なんかうまくいかないような気がするんだよね。お互い、時間を無駄にするのはやめよう」

相手が自分に合うかどうかをたった3秒で判断できるのでしょうか。

ヘレン・フィッシャーはこう言っています。

「現実の生活では誰かに出会い、その人の仕事ぶりを見て、〝ああ、この人、なんてバカなのかしら〟って思ったりしますよね。ところがそのうち、その人がとても優しくておもしろくて、あなたと同じようにテニス好きだとわかったりする……。普通はそんなふうにだんだんと相手のことを知るようになるのです。だとすれば、最初のデートですぐに深い関係になることを期待したとしても、自然にそんな流れになるわけはありませんよね」

いまは、すべてがものすごい速度でつながる時代。でも、もどかしい思いをしながら少しずつ相手のことを知るといったゆっくりとした流れのなかでこそ恋心が生まれ、やがて花を咲かせるようになるのです。

デートツールでとんとん拍子《びょうし》に事が進んだとしても、結局はその相手と会ってリアルな関係を結ばなければなりません。

マッチングアプリはクルマと同じ。ていねいに扱《あつか》う必要があります。

どちらもあなたの活動範囲を大きく広げ、いままで考えてもみなかったような旅に連れて行ってくれます。でも、注意しなければなりません。ギアがいまどのポジションなのか、自分の行こうとしている方向がまわりに伝わるよう合図ができているのかを確認する必要があります。

アプリがすぐに王子様のところに連れて行ってくれるなんて期待を持ってはいけません。ルール15でもお話ししますが、そんな王子様など存在しないからです。

恋愛セラピストで、『ザ・ステート・オブ・アフェアーズ（The State of Affairs）』などの著者エステル・ペレルも指摘するように、何がなんでも理想的な相手を選ばなければならないという思い込みは、大きなプレッシャーになります。

ペレルはこう語っています。

「恋愛関係が自由に選べるマーケットのようなものになればなるほど、この人こそ自分の求めていた相手だと確信するのが難しくなります。自由になればなるほど自分の判断を疑うようになり、確信がもてなくなるからです。自分が必要としている相手はどんな社会的な地位をもち、どういう教育を受けていて、どんな宗教を信じている人なのか……。そういう条件を選ぶだけでもひと苦労。それをいくつか組み合わせるのはもっとたいへんです。自分自身を安心させるのはますます難しくなるわけです」

マッチングアプリはネットワークを広げるために使うとうまくいく

誰とでも簡単につながれる時代ならではのジレンマ——それは誰とでも簡単につながってしまうからこそ、自分の夢に答えてくれそうな相手をひとりだけ見つけることがとても難しくなることです。

たったひとりの相手を見つけるためにマッチングアプリを使うのは現実的ではありません。それならいっそのこと、そういうアプリは社会的ネットワークを広げるために使ってみてはどうでしょう?

こうしたアプリは、ショーン・ラッドも言っているように「いろいろな人に会ってみたい、社会的ネットワークを広げたいという人間が生まれつきもっている欲望」をかなえるための手段でもあるのです。

「どうすればパートナーを見つけられるの?」と考えるのではなく、「どうすれば自分の人間関係を広げられるの? 恋愛関係にしても友人関係にしても、とにかく人生の可能性を広げるにはどうすればいい?」と考えてみて。

そう、マッチングアプリを、「理想の人」に出会うための手段だと思うのが間違いなのです。そうではなく、「より多くの人」に会う手段だと考える。

ピンポイントで「理想の人」にいますぐ出会える可能性は低くても、いますぐ一緒に食事をしてもいいと思える相手は見つかるかもしれません。そして、その相手の親友やきょうだいとデートをすることになるかもしれませんし、あなたが自分の友だちを彼のきょうだいに紹介することになるかもしれません。

マッチングアプリは、そんなふうに人間関係を広げるための第一歩になるのです。

注意して使うかぎり、すばらしいツールと言えます。

ある研究所の調査によれば、18歳から24歳の男女でアプリを使っている人の割合は、2013年の10パーセントから、2016年には3倍の27パーセントに増加しているそうです。ふだんからアプリを使っていれば、週に3回バーやクラブに通うよりずっと多くの人たちに出会えるというわけです。

ところで、「注意して使う」とはどういう意味なのでしょう?

私はよく、アプリを使うことをクルマの運転にたとえます。初めてハンドルを握《にぎ》ってアクセルを踏み、ほかのクルマに注意を払うこともなくスピードを上げれば、あなたは間違いなく事故って病院送り。

アプリも同じです。自分の目的地をきちんと認識し、前もってきちんと合図し、ほかの人たちの合図もきちんと確認し、何かがおかしいと思ったら速度を落とし、クルマを脇に寄せて停車する必要があるのです。

デジタル行動についての研究をしているサイバー心理学者のメアリー・エイケンは、インターネットの世界を現実世界と混同するとさまざまなトラブルを引き起こす、と警告しています。

「サイバー空間は主体的な空間です、テレビのような受け身の媒体ではないので、油断するとそこにハマってしまう環境です。ネットの世界に入り込みすぎると、匿名的《とくめい》な存在となれるために抑制が効きにくくなります」

ネットの世界で匿名の存在になれることは、自分自身の好みや自分の性的志向について追い求めたいときには便利です。

「性的なやりとりをしても、妊娠することもなければ、性感染症になることもないからです」

そうエイケンも言っています。ただし問題は、ネット上でつくりだす自分のプロフィールはあくまで自分が理想とする自分像であるという点。

デートアプリの世界では、自分だけでなく相手もそういうプロフィールをつくっています。つまり、あなたが思わせぶりなやりとりをしているネット上の相手も、本当の自分をさらけだしてはいないのです。

エイケンはこうも言っています。

「相手のプロフィールは、その人自身が理想とするプロフィール。つまり、かなりつくりこまれた姿です。あなたのプロフィールも同じでしょうが……。スマホやPCを介して誰かとコミュニケーションをしても、相手についての情報は断片的に入ってくるだけです。私たちは、そういう断片的な情報の隙間を、無意識のうちにポジティブな内容で埋める傾向があります。そうやって相手を理想化してしまうのです」

大人だって、知らない人について行っちゃダメ

さらに、エイケンは「電車のなかで出会ったなど、おそらく二度と会わないと思った相手には自分についての情報を簡単に話してしまう傾向がある」と言います。

ネットも同じ。会話はエスカレートしやすく、現実世界での会話よりははるかに性的な話題が多くなります。

調査によっても、ネットのほうが現実世界の2倍ぐらい自分のことをたくさん話していることが判明しています。

エイケンは警告します。

「ネットの世界でも、知らない人にはついて行かないこと。ネットで出会う人は、たとえどんなにその人のことがよくわかったと思っても、所詮《しょせん》は見知らぬ他人。しかも、あなたが相手について思っていることは理想化されたものです。相手についてわからない隙間《すきま》を、あなたが『こうあってほしい』と思う希望的推測で埋《う》めているだけ。あなたは相手を都合のいいようにつくりあげているのです」

これはとても重要な指摘です。エイケンの言葉は続きます。

「ネット上できわどいやりとりをすると、その流れで『じゃあ会おうか』となることが多い。そのとき、お互いにさまざまな期待を抱いています。でも、ネットでの会話は現実世界での前戯《ぜんぎ》の代わりになるわけではありません。ネット上の関係と現実世界での関係とのギャップが性的暴行につながる恐れもあります。ネットでの出会いが絡《から》む性的暴行事件は、通常の6倍も多いそうです」

6倍！ イギリスの国家犯罪対策庁の最新統計は「新しいタイプの性的犯罪者」が増えていると報告しています。これまで警察がマークしていなかった性的犯罪歴のない犯罪者のことを言っていますが、報告された性的暴行のうち約71パーセントが最初のデートで起きています。しかも被害者か加害者の自宅で。

エイケンはこう解説します。

「ネットでの会話は性的にきわどい内容に移っていきやすいです。サイバー空間内で親密な関係ができあがっているのですから。現実世界でデートするときにはさらにその先に進もうという期待感がすでに高まっているのです」

オンラインデートの「マイルール」を決めておく

ルール5で詳しくお話ししますが、だからこそ、クルマの運転ルールのようにオンラインデートのガイドラインをつくり、それをしっかり守ることが大切なのです。

そのルールのひとつめはいうまでもありません。

たとえネット上で数えきれないほどやりとりし、フェイスブックで共通の友だちが何十人もいたとしても、最初のデートから相手の家に行ったりしないこと。相手がどうしても自分の家に来てほしいと言い張ったら、それ以上付き合うのはやめましょう。会うときは、カフェやバーといったお店、あるいはまわりにおおぜいの人がいる場所を選ぶようにして。そして、友人に、自分の居場所や誰と会っているのかを伝えておくこと。

もうひとつのルールは、ネット上でどんなに多くの秘密を共有していたとしても、初めて会った相手の前で飲みすぎないこと。アメリカの国立アルコール乱用・依存症研究所によると、性的暴行の約半数はアルコール絡み。デートにおけるアルコールの影響については、ルール8で詳しくお話しします。

多くの女性がオンラインデートについて自分なりのルールをつくっていますが、《メイクラブナットポルノ》の創立者のシンディー・ギャロップもそのひとり。《メイクラブナットポルノ》は、ポルノとは一線を画した、セックス映像を提供するユーザー主体のサイトで、詳しくはルール10でご紹介します。

彼女はネットデートが大好きで、ネットで出会った相手と実際に会うときは、3段階のフィルターにかけるようにしているそうです。

まずは見た目で選別する。それも彼女独自の基準があり、その男性と一緒にパーティーに行ったときに友人たちがどう思うか、なんていうことはどうでもいいそうです。

「世間的に見てイケメンか、なんてことはどうでもいいの。あくまでも自分がグッと来るかどうか。それだけ」と彼女は言います。

さらに彼女は相手に写真を3枚送ってくれるように頼むそうです。全身が映った最近の写真です。

「なんでそんなことを頼むのかって？　別におかしくないわよ。イヤだって言われたら、リストからはずだけのこと」

ふたつめのフィルターは、筆記試験。

「私はメールでやりとりするほうが好き。そのほうがずっと率直なコミュニケーションができるから」

メールという手段は、たしかに回りくどいかもしれないけれど、相手とウマが合うかどうかを感じとるバロメーターになるというのです。

「メールなら相手の考えていることがわかる。私の場合、単語のスペルが間違っているような相手ならその先はなし」

最後の第3段階は、電話で話すこと。

「電話で話すのを嫌がる男もいるけど、私はそこにこだわりたいの。電話で話せば、相手の声の感じが好きかどうかとか、いろんなことがわかるのよ。電話で話が続かないようなら、そういう相手とはコーヒー1杯、お酒1杯一緒に飲めないってことよ」

「通話」の重要性を再認識して

彼女がネットで出会った相手と実際に会う約束をする前に必ず電話で話すのは、文字でやりとりするより電話で話すほうがいろいろなことがわかるからです。電話では、耳から入る情報を手がかりに、いろいろ考えをめぐらせることになります。

何より、相手の声を直接聞き、話の内容はもちろん好きなタイプの声かどうかがわかります。

1時間聞いていても大丈夫な声？ 相手の言っている年齢にふさわしい声？ 優しそうな声？ かったるい声？ 神経質な感じ？ ちょっと危ない感じ？

あらかじめ相手に尋ねたいことをまとめておくといいでしょう。スポーツの話、好きなバンドの話、最近読んだ本の話、ニュースの話題などから始めるのも手です。

とにかく通話の目的は、相手が自分と「同じ言葉」で話しているかどうかを知ること。「同じ言葉」とは、常識や言葉の意味を共有できているかということです。

あなたが大切だと考えていることを相手も大切に考えてくれるかを探っておくのも大切。

備えあれば憂《うれ》いなしです。そして、忘れないでほしいのは、相手もまた、あなたについていろいろな手がかりを見つけようとしている、相手もまた、あなたが本当のことを話しているかどうかを探っているということです。

あなたの貴重な時間を無駄にしないためだけではありません。心のエネルギーを無駄にしないためにも、相手の心理を探る技を磨くことが大切なのです。

だからこそ、ギャロップは電話にこだわるのです。

「会話が弾まないようなら、好きなときにこう言えばいいのよ。『お話しできてよかったわ。でも、私たち話が合わないみたいね。じゃあね』って」

でも、会話もうまくいって相手の声も好きだということなら、さっそく最初のデートをセッティングします。ギャロップは、そうなればもう完全な赤の他人でないわけだからきっとうまくいくはず、と語ります。

「3段階フィルターをクリアしているのだから、最初のデートは完全にうまくいく。ぎこちなかったり、戸惑うようなこともない。私たち、そんながっかりデートに付き合ってる時間なんかないのよ」

エイケンも、電話で話してみることには賛成しています。ただ、エイケンの場合、マッチングアプリが男性主導で運営されていることから、ネットでの出会いを求める女性たちのことを心配しています。

「私たちは、長い時間をかけて女性の権利のために闘ってきました。いま私たちがいるネット空間も、男性がつくりだしたものがほとんどです。女性たちも積極的に設計に参加する必要があるのです」

エイケンはそう語っています。

男はみんなオオカミと思い込んでしまうのも大問題！

女性が主導するデートサイトを立ち上げたホイットニー・ウォルフは、「ネットの世界では、誰も責任を持たない。そのことをなんとかしたいと思いました」と言います。

「子供のころ、クラスの誰かをいじめれば、どういうことになるか、みんなわかっていましたよね？　赤信号を無視して加速すればどうなるか、誰にでもわかる。でも、ネットの世界では、誰かがそういうことをしても誰も責任を問われないのです」

あるとき、彼女のビジネスパートナーがこう言いました。

「その考えを、マッチングアプリの分野に当てはめてみたら？」

当時ウォルフは28歳。独身の若い女性としての自分の経験を振り返ってみて、ビジネスパートナーの言うとおりだと気づきました。自分は人生のさまざまな場面で成功を収めてきたのに、ことデートにかぎっては成功体験がなかったからです。そこで彼女は、女性主導型のマッチングアプリを立ち上げます。

「仕事で世界じゅう飛びまわったり、外国で勉強したり、自分の会社を立ち上げたり、私はそこそこ自分に自信を持っていました。でも、男性との出会いとなると、まったくうまくいかなくて、すっかり自信をなくしていました。気になる相手に最初の行動を起こす、自分からアプローチするというところまでいかないんです」

学生のころを振り返っても、誰かとデートした後、その相手から連絡がくるのを待っているのが「身悶《みもだ》えするほど苦しい時間」だったそうです。

「だからといって自分からアプローチすると、友だちから『がっついてる』とか、女性のほうからアプローチするなんてはしたないとか思われそうで。そんな考え、バカげてますよね」

彼女は、女友だち全員に聞いてみることにしました。すると、誰もが自分と似たような経験をしていることがわかりました。

「私の知っている女性のほとんどが、恋愛関係に問題を抱えていたのです。みんな、優秀で才能にあふれているのに、デートにかぎってはうまくいかないことばかり。そこには結局、性別による差や偏見があるんです。そこで女性のほうから最初にアプローチするためのサイトを立ち上げました。自分から行動を起こしたからといって不名誉な烙印を押されたり、恥ずかしい思いをさせられたり、罪悪感を持ったり、非難されたりすることもありません」

女性たちの反応も上々。2017年の〝国際女性デー〟に、ウォルフの立ち上げたアプリは女性による最初のアプローチ2億5000万件達成を盛大に祝いました。

「これからも、いまの方式を続けて行くつもりです。私たちのやり方には、マッチングアプリの世界を再構築する力があると思っています」

ウォルフは、「男はみんなオオカミなのよ」と思っている女性にこそ、こういうアプリを使ってほしいと思っています。

「うちのアプリに登録している男ってイケメンが多いし、学歴も高くて頭がいい。そういう声をよく聞きます。私はこう答えることにしています。『皆さん驚くかもしれませんが、男たちは、自分の意見をしっかり持った信頼できる女性を求めているんですよ』ってね」

自分の意見をしっかり持って、自分にぴったり合ったアプリを使えば、自分のためになるパートナーが見つかるかもしれません。

RULE 5

マッチングアプリでは「プロフィールの雰囲気づくり」が9割

幸い、最近のマッチングアプリは以前よりずっと進歩しています。

出始めのころは、マッチングアプリを使ってるなんて、友だちや家族にも話しにくい、という雰囲気がありましたが、最近では利用者も増えてきました。

２０１５年にピュー研究所が実施した調査によると、アメリカの成人でネットデートの経験がある人は２０１３年には15パーセントでしたが、現在、18～24歳の参加率は3倍になっています。また、同じ調査によると、いま急激に増えているのは50代以上だそう。年齢なんか気にする必要はありません。

でも、選択肢があまりにも多いので、何をどう選んだらいいのかわからない！　という方もいるでしょう。そこで私は、マッチングアプリの利用方法をいくつかの段階に分けて、それぞれにちょっとしたアドバイスを付けることにしました。

マッチングアプリは便利なツールですが、向き不向きもあります。ですから上手に選んで使う必要があるのです。どんどん試して、あなたにぴったりのパートナーを見つけてください。

ステップ1：アプリは自分のニーズに合わせて選ぶ

膨大な数のアプリやサイトからどれかひとつを選ぶのはたいへん。

でも、何もひとつに絞る必要などありません。組み合わせて使ったっていいんです。

反対に、すべてのサイトにプロフィールを送る必要はもちろんありません。

大切なのは、いまの自分のニーズにいちばんピッタリ合ったものを選ぶこと。

ネットデートのエキスパートで、マッチングサイトも運営するジュリー・スパイラの次のアドバイスが的を射ています。

「自分が何を求めているのかを、はっきりと正直に把握すること。すぐにでも結婚したい、子供がほしいということなら、カジュアルな関係をメインにしたアプリを使うのは時間のムダ。同時に2つか3つのアプリを使って、パソコン版も使うようにしましょう。ただし、それ以上使うと混乱し、疲れてきます。いわゆる〝ネットデート疲れ〟です。それと、相手に会うときにはどのアプリを使ったのかをきっちり覚えておくように」

ステップ2：プロフィールは「雰囲気」が大切

アプリを選んだら、いよいよスタートです。あなたの武器のなかでいちばん大切なのはプロフィール。仕事探しでの履歴書のようなものと考えてください。

自分をいかに売り込むか。最高のスタートが切れるかは、ここにかかっています。

ネットデートのプロセスのなかで、自分のメッセージを完全にコントロールできるのはこの段階だけなのです。私のまわりにも、自分をいかによく見せるかに苦労している女性たちはたくさんいます。

ところで、何か新しいことを始めようというときに誰もが最初にやるのは、自分が乗り込む世界の様子を知ること。マッチングアプリを始めるときも同じです。

まずは、自分が選んだアプリを開いて、ほかの女性たちがどう自己紹介しているか、どう売り込んでいるかを調べてみましょう。

掲載されている写真の組み合わせ方や、履歴をどの程度詳しく書いているか、どんな口調か、何が最も印象に残るかなどを確認してください。

さて、そのあとが重要なのですが、あなたが気に入った女性を選ぶとしたら、どの人に親近感を覚えるでしょう？　友だちになりたいのは誰？　そう考えて最も印象に残った女性のスクリーンショットを撮っておくのです。プロフィールで何を言うかではなく、プロフィールをどんな雰囲気にするかを決めるために、気に入った女性のプロフィールを参考にしてみましょう。

たとえば、明るさ（笑い）25パーセント、生意気さ10パーセント、まじめさ65パーセントのプロフィールにする？　それとも50パーセント以上はクールにして、残る50パーセントで本題に入る感じにする？

ここで、あなたのことをいちばんよく知っている人、あなたに心から共感してくれている人は誰かを考えてみましょう。そういう人たちは、あなたの幸福を願ってくれ、あなたのことを的確に見ています。落ち込んでいるときには慰《なぐさ》めてもくれるでしょう。自分のプロフィールをつくるときこそ、その人たちにメールしてこう聞いてみましょう。

「至急：あなたから見た私の長所をひと言で教えて！」

返事が来たら、プロフィールをつくるときの参考にしてください。何人もが「あなたはどんなときも私のそばにいてくれる最高の友だち」と言ってくれたら、プロフィールでも、あなたがよい友人になれる人物だということをアピールしましょう。

もちろん、自分がどんなアプリを選んだのかを忘れないように。楽しむためのアプリなら、読んで楽しいプロフィールにします。長く付き合える相手を探すアプリなら、真摯《しんし》で率直なプロフィールにしてください。

さらに、プロフィールづくりでやるべきこと、やってはいけないことをご紹介しましょう。

○全身写真。それも顔がはっきりわかるものを1、2点、必ずのせましょう。

×いちばん仲のいい友人の写真をのせるのは×。その友人が映っている部分は消し、あなたの部分だけを残すようにしましょう。

○あなたらしさがわかるプロフィールにしましょう。あなたは、ゴルフやテニスをする？　野外フェスが好きで、一緒に行ってくれるような相手を探している？　週末はボランティア？　そういう活動の写真を最低1枚入れておくといいでしょう。

×古い写真をのせるのは×。必ず最近の写真にしましょう。誰にでも子供時代があり、誰だって子供時代はかわいいもの。でも、あなたは立派な大人です。大人である自分を写真で表現してください。大学を出たばかりのころのスリムな自分の写真をのせたい気持ちもわかりますが、5年以上前の写真はやめましょう。

○白い服を着た写真。歴史的に見ても白い装《よそお》いは純粋さや無垢《むく》の象徴です。実際、白を着ると誰もが美しく見えるのです。

ステップ3：自分から声をかける！

マッチングアプリは、カクテルパーティーのようなもの。ルージュをつけて髪も整え、あなたはもう会場にいます。じっと座って、理想の相手が声をかけてくれるのを待つべきか、それとも自分から話しかけるか。

もうおわかりでしょう？　とにかく自分から一歩踏み出して、少しでも脈のありそうな相手にはせっせとメッセージを送るべきなのです。

自分から行動を起こすためには、「きっかけのセリフ」を考えましょう。一度やってみれば簡単。毎回思い悩む必要はなくなります。

まずは、自分らしいセリフを考えましょう。そうすれば、あなたのお相手候補は、あなたのプロフィールを少なくとも走り読みぐらいはしてくれるはず。何も思いつかないですって？　私が一緒に仕事している若い編集者はデートアプリの達人。いくつか楽しいセリフを教えてくれました。

「じゃあ、最初のデートで🍺とか☕とか🎾とかする？」

「至急：あなたが行った最初のコンサートは？　正直に言って！　XXXX（バン

ド名あるいは歌手名）でさえなければ、恥ずかしくなんてないから」

そういう軽いのはちょっと……ということなら、シンプルでまじめなセリフにしましょう。

「こんにちは。最近、どうですか？」とか「こんにちは。写真、ステキですね」とかでしょうか。それで十分。話しかけないのとは大違いです。

大切なのは、とにかく会話のきっかけをつくって反応があるかどうかを探ること。私の友人の多くは、そうやって3、4回やりとりしたら、そのあとはメール、そして電話に変えています。自分にいちばんしっくり来る方法を選んでください。

ステップ4：実際に会ってみる

やがて、実際に会ったほうがいいというタイミングがやってきます。

「そんなこと言われるまでもない」ですって？　でも、わざわざ言うのには理由があります。なぜなら、スワイプとメッセージのやりとりばかりでいつまでたっても行動に移さない、という罠《わな》に陥る人が多いからです。

まずは、「週に何回デートする」という目標を立てましょう。重要なのは数をこなすこと。会う相手が多いほど、一緒に過ごしたいと思える相手、一緒にいてドキドキできる相手が見つかる確率は高くなります。

私なら週2回ぐらいがちょうどいいのですが、もちろんあなたのスケジュールに合わせて決めてください。いまどきは、デートだからといって必ずしも夕食とはかぎりません。コーヒーを飲むだけでもいいし、アルコールでもいいし、本屋さんをぶらぶらするだけでもOK。重要なのは、どこでどんなデートをするかではなく、行動を起こすことなのです。

脈のありそうな相手と実際に会う前には電話で話したほうがいい、と書きましたが、なかには、電話なんてムリ！　と思う人もいるかもしれません。そう、ミレニアル世代のあなたがたのことですよ。

いずれにしても、ネットでつながってから実際に会うまでの期間は1、2週間以内にすべきです。その期間に会わなかったなら、もともと脈はなかったと思ってください。

実際に会うのが怖い？　そんな人のために、よくあるお悩みポイントにお答えしておきます。

＊何を着ていけばいい？

自信が持てて自分がステキに見えて快適な、何よりあなたらしい服装にしましょう。去年はピッタリだった服とか、あと4キロ痩せればちょうどいいなんていう服はNG。キワドイかなと思うような服もダメ。靴も歩きやすいものにして。

＊会話が途切れて気まずい沈黙が続いたら？

あらかじめおしゃべりの話題を準備しておくのは、何もおかしなことではありません。話題に困ったときに備えて、新聞ででもネットででも最近の話題ぐらいは仕入れておきましょう。そうすれば世間話ぐらいはできるはず。ニュースなんか興味ない！というならしかたありません。でも、最近見た映画とか、読んだ本とか、最近試したアプリとか、あなたがおもしろいと思ったことを話題にできるよう準備しておけば、きっと役に立ちます。

＊相手に好印象を与えるには、どうすればいい？

そんなふうに考えること自体、間違いです。相手にいい印象を与えようと思っているなら、それだけであなたはもうあなた自身ではなくなっているからです。

大事なのは最高の自分でいること。偽《いつわ》りの自分を見せることではありません。「アウトドアやエクササイズなんてとんでもないわ」と思っているのに「週末の山歩きが好き」なんて言ってはいけません。

自分は相手のことが好きかどうか、そのことを知るために会っているのであって、相手を「落とす」ためではないはず。デートのあいだは、自分の心のなかに目を配り、相手に会って自分がどういう気持ちになっているかに注意を払いましょう。

＊結局、どこで会えばいい？

あくまであなた次第ですが、自分が憧れる相手と会うのにふさわしい場所がいいでしょう。そうなると、品のいい、あまりうるさくない場所ということになりますよね。

私の経験からいうと、相手が特に場所にこだわらないようなら、軽く飲めるぐらいの場所にして、「このあとにディナーの約束が入っているの」と伝えるといいと思います。会って1時間で頭のなかがハートの絵文字でいっぱいになったとしても、架空《かくう》の「ディナーの約束」はキャンセルしないほうがいいでしょう。そうすれば、相手はまたあなたに会いたいという気持ちになりますし、あなたのことを「約束を守る人なんだ」と考えるようになるからです。

とにかく、まずは会ってみる。そして一瞬一瞬を楽しむ。ただ、ルール8でもお話ししますが、くれぐれも飲みすぎないように。それと時間には遅れないように。

ステップ5：その後はどうする？

デートしてみたって？　よくできました！

相手がよっぽどひどい人だったのなら話は別ですが、翌日には簡単なメッセージぐらい送るのが礼儀だと思います。「昨夜はありがとう。会えてよかった」ぐらいで十分。それならグイグイ来てるなんて思われることはありません。

こうした翌日フォローについては、『コスモ』誌の敏腕ライターでネットデートのエキスパート、ローガン・ヒルから詳しいアドバイスをもらいましたので、ご紹介しましょう。

翌日フォローの○×集

○とにかくシンプルに。基本の「楽しかった。今度は食事に行こうね」だけでＯＫ。それだけで楽しい時間だったこと、また会いたいと思っていることが伝わります。デートのときに話題になったジョークをちょっとだけ入れられれば、もっといいかも。

×深く考えるのはダメ。何度も書き直すようなことはせず、ほんの挨拶《あいさつ》程度に考えましょう。考えすぎないことです。重いメッセージは禁物。いきなり絵文字満載のメッセージを送るのも、相手が引くだけです。

○古いルールは忘れましょう。フォローには、24時間ルールも48時間ルールもありません。あなたがこだわっているとしても、相手はそんなルールをまったく知らないかもしれませんし、あなただけが空回りしているのかもしれません。いつフォローするかは、あなたの都合で。相手を虜《とりこ》にする「魔法の言葉」もなければ、デートを成功させる「魔法の秘訣《ひけつ》」もありません。その日の夜に書いたほうがいいと思うならそうすればいいし、翌朝でいいと思えば翌朝でいいのです。相手にリードしてほしいという気持ちがあれば、何も送らないのも一案。とにかく、あなた次第です。

×気が進まなければ無理しないこと。最初のデートはあくまでテスト。完璧じゃなくてかまいません。うまくいくのは2度めのデートからという例もたくさんあります。でも、最初のデートでしっくりこないと感じたのなら、無理してことを進める必要はありません。さっさと次へ行きましょう。

○自分の望みを大切にしましょう。最優先で考えるべきこと、それは「自分が何を望んでいるか」。たくさんの候補から相手を選ぶ経験が初めてだと、選択肢が多くて圧倒されるかもしれません。でも、「これはあくまで自分の望みをかなえるための機会なんだ」と考えましょう。その機会を大切にして、たくさんの選択肢のなかからどういう関係が自分にとって意味があるのか、どういう人ならワクワクできるのかを考えて選ぶようにしましょう。

×思わせぶりは禁物。追いかけられるのが好きなら、相手を振り回すのもいいでしょう。でもそうでなければ、自分の望みをはっきり伝えましょう。それも、できるだけ具体的に。最初にしかけるのは男。女は電話の前で待っていればいい……。そんなの昔の話です！　自分の望みをはっきり伝えるのは怖いと思うかもしれません。でも、そのほうが結果的に自分の望みをかなえられることが多いのです。

マッチングアプリでこんな人たちを見つけてしまったら？

＊自分の友だち
青信号、ＧＯです。あなたの友だちなら、そのまま右スワイプ（マッチングを希

望する）すればいいし、プロフィールに「いいね！」するのもＯＫ。相手が右スワイプしなかったら最悪ですが、あなたが右スワイプしたことは相手にはわかりません。

＊同僚

黄色信号、要注意です。一緒に仕事している人とデートするのは危ない橋。スワイプする前に、デートしたらどういうことになるか、ちょっと考えてみましょう。気まずいデートになったら、職場で顔を合わせるのは拷問のような気分では？　でも、デートして、こんなふうに言ってみるのもありかも。

「熱心に調べものをしてるのかと思ったら、こんなことしてたわけね？」

＊元カレ（元カノ）

赤信号、止まれです。寄りを戻したいとか、どうしてうまくいかなかったのかはっきりさせたいとかでなければ、デートなんてしないこと。

＊セフレ

赤信号、止まれです。あなたも相手も、アプリに登録している理由は同じ。つまり、ほかにもセフレが欲しいとか、あとくされのない関係を求めているとか、そんな理由。カラダの関係だけでなく先に進みたいと思うのはセフレ関係では御法度《ごはっと》ですが、そう思っているのでもないかぎり、やめておきましょう。

＊相手が最悪の人間だとわかったら？

会ってみたら最悪の人間だったということもありえます。攻撃的だった、身の危険を感じるなんていうときには、どうすればいいでしょうか。

局部の写真とかいかがわしい映像を送ってくるような相手なら、その時点でブロック。一切連絡してはいけません。ネットに自分のペニスの写真を解き放つような人間なんて信じられないと思うのなら、一切コンタクトしないことです。そういうものが表示されないようにすることもできます。

いうまでもなく、マッチングアプリには必ず自分個人のアカウントを使うようにしましょう。仕事用のアカウントで参加するなんてもってのほか。

こんなことがありました。同僚の男性が、仕事で使うために撮った写真を見てほしいとスマホを私に差し出しました。ちょうどそのとき、アプリから新しいマッチングのお知らせが画面に届いたのです。もちろん、私は見たくなかったし彼も見られたくなかったでしょう。その気まずいことといったら！

相手がおかしなメッセージを送ってきたり、デートをすっぽかしたあなたに怒り狂ったりしたら、とにかく関わらないようにしましょう。怖い思いをしたり、手に負《お》えない事態になったら、「迷惑な人物」としてサイトに通報したほうがいいかもしれません。

デートで暴力を振るわれるのは最悪のシナリオですが、それについては、法律の専門家、スティーブ・カーディアンにアドバイスをもらいました。彼の著書『ニュー・スーパー・パワー・フォー・ウィミン（New Super Power for Women）』でもそのことが詳《くわ》しく解説されています。

アプリを使うときにわかっているのは、やりとりしている相手がスマホかパソコンを持っているということだけ。カーディアンは、女性たちにまず「そのことを忘れないように」と警告します。相手が、実際に言っているとおりの人間なのかどうかなんてわからないのです。カーディアンのアドバイスを紹介しましょう。

＊有名なサイト以外利用しないこと

少なくともフェイスブックのアカウント経由で登録を求めるようなサイトを選ぶように。そうすればネット上に足跡がつくので、いやゆる詐欺《さぎ》やなりすましの恋愛詐欺をしようとしている人を前もってふるいにかけることができます。そういう人は個人情報や銀行口座情報を不正に手に入れようとしています。カーディアンはさらに、相手が信頼できる人間であることがはっきりするまで、個人情報、特に住所情報を教えないようにと警告しています。

＊慎重になること

相手がどんな人なのかを知る手がかりとなるような質問をしてみましょう。名前だけでなく、「どこで働いているの？」とか「どんなクルマに乗ってるの？」とか「ペットは飼ってる？」などと尋ねてみるのです。カーディアンは言います。

「誰にでも表の舞台と舞台裏がある。誰かに会うとき、相手は表の舞台にいる。だからこそ、舞台裏の相手が犯罪者やヘンタイじゃないことを確かめておく必要があるのさ」

＊相手の名前をグーグルで検索すること

相手の名前が5つか6つのデートサイトに出てきたら、少々問題あり。ネット上の足跡がたどれないようならNGです。

＊セクシーな写真や個人情報を相手に送らないこと

相手がどんな人かは、会ってみなければわかりません。何度もデートしなければわからないのです。この人は信頼できると確信できるまでは、セクシーな写真を送ったり、ましてやセクシーなスナップチャットに参加したりするのはやめましょう。

カーディアンは語ります。

「セクシーな写真をネタに脅迫する事件が急増している。その背景にあるのはSNSやインターネットの普及だ」

＊最初のデートの前に「もしも」のときを想定しておくこと

カーディアンも、会う前に電話で話してみることが安全という考え方には賛成していますが、実際に会ってみなければ相手の本当のことはわからないとも言っています。ただし、会う前に、彼の言う「もしものときの青写真」を思い描いておく必要があります。

「危険な流れになるようなありとあらゆるケースを想定し、そのときに自分がどうするかを考えておくこと。帰りたいと言っているのに帰らせてくれなかったら、そのあとどう行動するのか？　といったことだ」

考えられるシナリオを思い描いて最悪の事態に備えたからといって、最高のシナリオを思い描く邪魔にはならないはずです。

「もしも」のときの青写真は、次のようにつくります。

＊デート前

親友や母親、きょうだいに、自分が誰とどこでデートするのかを知らせておく。

*デート中

勘《かん》を働かせること。相手のことを生理的にどう感じるかに注意。「直感はあなたの味方」とカーディアンは言います。「頭のうしろ、うなじのあたりの髪が逆立つような感じがするとか、なんだかゾワゾワするといった虫の知らせは信用したほうがいい」

*帰りたいのに、相手が「もう一杯つきあって」としつこい場合

「30分後にカフェで親友と会うことになってる」などと言って断りましょう。「母が手術を受けたのでお見舞いに行くことになってるの」でもいいですし、「気分がすぐれなくて」でも「トイレに行きたい」でもかまいません。とにかく、遠慮なく帰るか、友人に電話して来てもらうようにしましょう。

*「別の場所に行こう」と誘われたら

カーディアンは、相手の写真を撮って友人に送ることを勧めています。そして、冗談めかしてこう言いましょう。

「私に万一何かあっても、友だちは私があなたと一緒にいることを知ってるから大丈夫」

相手がいい人なら、あなたのことを賢い女性だと思うでしょう。いえ、悪い男だったとしても同じです。だからこそ、そうすれば危害を加えられたりすることを防げるのです。相手がもし「僕のアパートに行こう」と言ったら、「そういうつもりで来たわけじゃない」と言って、相手の反応を見ましょう。

カーディアンは言います。

「不満そうな表情、あるいは怒りや嫌悪感などが少しでも見えたら要注意、不満と怒りなど、ふたつ以上が組み合わったら完全に赤信号だ」

そして、あなたの「ノー」に取り合わないなら、相手はセックスでも同じ態度を取ると考えてください。ノーという意志を尊重しない人間はあなたを支配したがります。

それから、相手とふたりきりにならないように。カーディアンはこう言います。

「何か悪いことをしようとしているケダモノは、あなたとふたりだけになって自分の思いどおりになる状況をつくろうとする。クルマのなかとか自宅アパートとか」

相手が安心できる人で、その人の車で別の場所に移動してもいいと思ったときでも、相手の免許証やナンバープレートを写真に撮って友だちに送っておきましょう。

＊彼のアパートに来たものの、間違いだったと気づいたら

「怯《おび》えたような言葉は口にしないこと」とカーディアンは言います。代わりに「あなた、酒臭いわよ。歯を磨いてきたら？」とか「あなたのコロン苦手なの。シャワーを浴びてきて」とか「ムカムカするの、吐きそう」といったセリフを口にしましょう。たいていの場合、そういう口実をつくれば部屋から逃げる時間を稼ぐことができます。

ただし、「私、性病なの」と言ったときに相手が「気にしないよ、僕もそうだから！」と言ったら、相手はフツーじゃありません。相手の写真を撮って友人に送ってあるから、あなたの友人はその彼のこともあなたがその彼と一緒にいることもと知っていると思い出させましょう。

＊リベンジポルノにご用心

結局相手とベッドインして、その後もデートを重ねるようになったとしましょう。相手が本当に信用できる人だとわかるまでは、スマホをベッドルームに置かないよう

に注意しましょう。相手の同僚や親やウェブ上に全裸の写真をばらまくリベンジポルノが、このところ増加しています。いったんばらまかれた写真は回収できません。裸の写真を撮ってほしいなら、慎重に相手を選んで。

相手がどうしても裸の写真がほしいと言い出して、少しでもイヤな感じがしたら、その直感を大切に。そういう相手には二度と会わないほうが無難です。軽く考えてはいけません。

相手があなたの裸の写真をフェイスブックに投稿したらどういうことになるか、想像しましょう。次に、フェイスブック社やグーグル社に写真の削除を懇願《こんがん》する自分を想像してみましょう。残念ながら、あなたの願いがかなうことはまずありません。2016年にデータ&ソサエティー研究所が実施した調査によると、「合意にもとづいていない写真のシェア」に怯えている、あるいは実際にそういう被害にあっている人が100人に4人はいるということです。

法律家たちが常に最悪のケースを想定するように、相手が撮ったあなたの写真が公表されたらどうなるか、そういう写真を相手が自分の職場に送りつけてきたらどうなるか、そこまで考えるようにしましょう。笑ってすます？　デスクの下に隠れる？

本当にそれですみますか？　相手とどんなに親しい関係になったとしても、そういうことを考えておく必要があります。

性的なメッセージのやりとりについても同じことがいえます。

サイバー犯罪と戦うマカフィー社が実施している『恋愛、人間関係、テクノロジーに関する調査』によると、「自分の評判に悪影響を与える恐れがある」プライベートな写真をスマホや携帯端末などに保存している人は成人の50パーセントにのぼり、そのうちの50パーセントが、そういったプライベートな写真をスマホなどで交換していると答えたそうです。

この調査を実施した人はこう結論しています。

「私たちは、愛し合う相手ときわどい写真を交換したり、そういうメッセージを送り合ったりすることは危険じゃないと考えがちです。でも相手との関係が悪化したらどうなるでしょう？　フェイスブックで自分が関心を持つ人のプロフィールに毎月ログインする人は20パーセントもいるのです。あなたの知らないところで投稿されている情報によって、あなたが不快な思いをしたり、あなたの評判に傷がついたりする可能性は十分にあります」

残念ながら、そういう事態は男性よりも女性に起こりがちのようです。

インディアナ大学キンゼー研究所の革新的な生物学者でセックスの研究者でもあるジャスティン・ガルシア博士が実施した、性的なやりとりについての調査によると、「自分の合意なく、自分が意図した範囲外に性的なやりとりがシェアされてしまったことに不快感を覚えた」と答えた人は73パーセントにも及ぶそうです。

「ボーイフレンドやガールフレンドに自分の裸の写真を送るとき、たいていはそれが相手の友人たちにシェアされることまでは想定していないのです」と博士は語ります。シェアされる場合には、シェアする相手が3人以上になることが多いそうです。

「1枚の写真が一瞬にしておおぜいにシェアされるというネットの力は大きなリスクです」と博士。

「写真を撮るという行為が信頼関係の崩壊につながる場合もあります。同様に、インターネットやテクノロジーの進歩によって、性生活にともなうリスクの内容や期待される内容も変わってきたと言えます」

RULE 6

ネットでも現実社会でも「眺めてるだけで選んでるつもりになる」のは損

ある日、オリンピック・コーチの一人が私にこう言いました。

「スポーツジムに行きたくないなあという日でも、まずは出かけること。無理しないでストレッチだけにするとか、小さな目標に変えるといい。とにかくマットに寝そべってストレッチを始めてみる。そうすると、まわりは一生懸命鍛えている人ばかりだし、やっぱりランニングマシンに乗ってみようとか、ダンベルを持ち上げてみようとか、そういう気になって、結局始めることになるんだ」

ネットデートについてもが同じことが言えます。

最初はそんな面倒なことできない！　そんな努力ありえない！　と思うかもしれません。でも、いったんリズムができて、まわりにも同じことをしている人がいるのを知ると、無理しないでもできるようになるのです。

じゃあ、ネットデートはエクササイズと同じってこと？　そんなのつらそう。やりたくない。そんなことするぐらいなら、お気に入りのパジャマを着てソファで好きなドラマを続けて何話も見たい……。そんなふうに思うのは、ネットデートを大げさに考えすぎているからかもしれません。

あなたはネットデートを、何かとんでもない楽しみをもたらしてくれる賭《か》け事のようなものと考えているのでは？　頭のなかであることないこと考えるのはやめて、ちょっと頭を整理しましょう。

まず、あなたが得意とする状況を分析してみてください。

あなたは、世間話をしたり場を和《なご》ませたりするのが得意なほう？　もしそうなら、ブラインドデートはあなたの独壇場《どくだんじょう》かも。

それとも、他人と話すなんて考えるだけで怖いのに、相手を紹介してくれた友だちがあなたのことを大げさに持ち上げるものだから、よけいにプレッシャーがかかる？　もしそうなら、マッチングした相手には、ボウリングに行きたい？　とか、と散歩に行かない？ とか、コンサートはどう？ とか、とにかく話題にできるものがあるシチュエーションをつくればいいのです。プレッシャーがイヤなら、シングルの友だちや何組かのカップルも一緒にグループデートにしてしまうこともできます。とにかく、自分が実行しやすいプランさえ立てれば、こっちのもの。

ネットデートをいつもの習慣に

たしかに、デートってなかなか厄介《やっかい》です。ときには気まずくなるし、何を話していいかわからないとか恥ずかしい思いをすることもあります。

タフで自信に満ちていたはずの女性でさえ、おどおどして頼りなく、目も当てられない女性になってしまう場合も……。反対に、楽しくてワクワクして、希望に満ちた経験になることもあります。愛にまで発展しなくても、社会的ネットワークを広げてくれたり、素敵な友だちができて、その友人を他の人たちに紹介したりするかもしれません。

「やってみる価値はありますよ」と、人類学者のヘレン・フィッシャーは言います。

「デートは、必ずしもおもしろいものではありません。でも、人生最大のご褒美を手にするための手段になるかもしれません。そのための時間はきちんとつくったほうがいいですよね」

時間をかければかけるほど、理想の相手が見つかるチャンスは多くなるわけです。フィッシャーによれば、それこそが女性にとっていちばん大切なことなのです。

「いろんな仕事をして、いろんな休日を過ごし、たくさん休暇をとり、いろんな友だちと会っては別れ、いろんな場所に住む。でも現実には、そうすることでパートナーを探しているのです。多くの女性にとって、それは自分のＤＮＡを共有するための相手探しなのです」

つまり、ネットデートは、あなたの人生設計にとって欠かせないエクササイズのようなもの。きちんと定期的に行うべきなのです。

火曜日はキックボクシング、木曜はアプリで見つけた相手とデート、金曜の朝はヨガ、土曜の夜はまた別のアプリの相手とデート……というように、日常生活に取り込んで自分のペースをつくりましょう。週に2回はマッチングアプリをのぞきましょう。

そして、いろいろなアプリを試してみて。

何よりも、楽しんでみようと思うことが大事。

理想の相手を探しているんだと思いすぎないこと。そうすると、これはすべて人生に喜びをもたらすためにやっているということを忘れがちです。私たちは、生き物としてひとりのパートナーを見つけるように遺伝子レベルで宿命づけられています。社会が私たちに求めるものはここ数十年で大きく変わりましたが、人間の宿命に変わりはありません。

「その昔は、両親や神父や友人が子孫をつくるための相手探しを手伝ってくれました」とフィッシャー。「今日、その役割を担うのはインターネットなのです」。

うれしいことに、インターネットによって世界は大きく開かれ、理想の相手に出会える可能性も大きく広がりました。

農業が中心だった時代、女性の結婚相手選びは、自分の住む村や農場から歩いて移動できる範囲内に限られていました。工業中心の時代に入ると、農村の人々は、人口密度が高く通信手段の進歩した都市へ大挙して移動し、さまざまな地域からやってきた人々が顔を突き合わせて生活するようになります。男たちが工場へ働きに出るようになると、女たちは家で子供やお年寄りの世話をすることが求められ、家庭中心の生活を送るようになりました。やがて女性も外で働くようになると、それもまた変わりました。

選択肢が多すぎる！　現代女性が抱えるジレンマ

「昔は21、2歳になると結婚するのが普通でしたが、いまではその年齢が28、9歳ぐらいに変わりました」

エステル・ペレルはそう語ります。

ピュー研究所の調査によると、25歳から29歳の既婚者は1960年代では84パーセントでしたが、2010年には42パーセントに下がっています。

アメリカで増加中の経済的に自立している独身女性について調査した『オール・ザ・シングル・レイディーズ（All the Single Ladies）』の著者、レベッカ・トレイスターによると、22歳から29歳の独身女性は、高学歴で教養があり、収入も高いにもかかわらず、いまなお〝主婦予備軍〟としてしか見られていません。つまり結婚していなければ、一人前の市民として認められない傾向がいまだにあるわけです。
トレイスターによると、実際、この年齢は生殖能力が豊かで出産に最も適している
だけでなく、仕事のキャリアをスタートしたりアップしたりするうえでも最適な、人
生で最も実りの多い時期なのです。一方、ペレルは、結婚したいと思っている女性た
ちにとって、結婚前のこの時期は自分のアイデンティティをつくりあげて育てるため
の時期でもあると語ります。
「ですから、誰かと出会うと、女性は自分が築き上げたすばらしいアイデンティティ
を認めてほしいと思うのです」
ルール5でもお話ししましたが、私たちには大きなプレッシャーがかけられていま
す。
「いまや、〝かけがえのない人〟〝唯一無二の人〟という言葉は、スワイプばかりして
いるいまの生活を終わりにしてくれる人、アプリを確認しないと不安でしかたがない
状態から救い出してくれる人、そうすることで心のなかのもやもや、不満を解消して
くれる人、という意味になってきました」
ペレルはそう語っています。

「ひょっとすると、ほかにも候補がいるかもしれない、というもやもやした気持ちのなかでの〝唯一無二の人〟ということです。ほかに〝唯一無二の人〟がいないのかどうか、誰も確信なんてもてません」

まるで回し車のなかのハムスターみたいに、走ってはいるけれどどこにもたどり着けない状態。

それでも、多くの女性が、ほかにも候補がいるかもしれないと感じながら〝唯一無二の人〟を探しつづけるというゲームに取り込まれているのです。

これは、ペレルが「安定した不安」と呼ぶ状態です。本気になるほどの心の準備もできていないのに、かといって完全にあきらめることもできないので、曖昧《あいまい》なメッセージを送り合うことでとりあえず相手をつなぎとめておこうとしているのです。

ネットデートとネットショッピングの共通点

あなたも身に覚えがありませんか？　私も、20代の頃、そういう態度で接していたことがあります。とにかく選択肢を残しておきたかったのです。

「そういうメンタリティは、ネットデートの世界では普通のものになっています。ある程度の自由度は確保しておこうという態度です。ひとつの関係にどっぷりつかると、自分は決してひとりではないという気持ちにはなるものの、これでもう他の選択肢のことは考えなくていい、いうことにはなりません」

ネットを覗けば膨大な選択肢があります。そうすると、いわゆる「認知過負荷」という、感覚が麻痺《まひ》した状態になってしまうのです。フィッシャーは付け加えます。

「選択肢があまりに多いので、女性たちはいつまで経っても自分にとって最高の人を探しつづけることになります。ひとりの有力候補に絞り込むことができず、ますます選り好みが激しくなっていくのです」

そうなると、女性たちの脳は疲れ、結局誰も選ばないことになってしまいます。

ネットデートとネットショッピングには共通点があります。

ネットショッピングで、たとえば欲しいホワイトジーンズの候補が8本あってスクロールを繰り返してやっと1本選んだものの、いざ、商品が届いてはいてみたらあまり似合わなくてがっかり。選択を誤った、あっちにしておけばよかったという思いにとらわれる……なんてことがよくあります。

ペレルも言うとおり、ネットデートもショッピングと同じ。

「もはや、農作業を手伝ってくれる子供が6人も7人も必要だった〝生産経済〟の時代ではなく、意味のある体験を求める〝サービス経済〟の時代になっているのです」

女たちが手広く男たちとつきあい、たくさんの選択肢に迷い、いつまで経っても理想の相手に落ち着くことができなかったとしても不思議ではありません。一か八かの賭けは高くつくからです。

でも、決断をいつまでも引き延ばしていると、理想の相手を見つけるのはどんどん難しくなっていきます。ペレルはこう言っています。

「一方で、女性たちは大きな自由を手にしていますが、自由であればあるほど決められないという事態に陥っています。自分の意志で決めようとしても、なかなかうまくいかないのです」

昔の女性の希望は現代とはまったく違うものでした。かつての女性たちは、自分がどういうタイプの男性と結婚するべきなのか、どういう社会階級でどういう教育を受けどういう宗教の男性と結婚すべきなのかを知っていました。

ペレルはこうも語っています。

「かつてはそういう社会的なカテゴリーがそのまま結婚相手を選ぶ基準となりました。だけどいま、世界はもっとオープンです」

デートしたければ誰とでもデートでき、人種も宗教も、性別さえも関係ありません。だからこそ、自分の基準をはっきりさせ、この人は2番手、3番手、4番手というふうに決める必要があるのです。

200年前から変わらない「ルール」もある！

では、どうすれば決めることができるのでしょう？　フィッシャーによれば簡単です。検討する相手の数を絞り込めばいいのです。

「有力候補をひとり選んで、何度かデートすることで相手をよく知るようにします。相手を知れば知るほど相手のことが好きになって、相手も自分を好きになっていく。そのことは、どの調査データを見ても明らかです」

付け加えれば、ルール4でもお話ししたように、一目で恋に落ちることもないとはいえませんが、そんなことはそうそうあるわけではありません。世界のどこかに自分にピッタリの人がいるかもしれない……。そんな妄想をふくらませるのはやめて、たとえば会社で隣に座っている人や自分のまわりに目を向け、そこにそういう人がいるかもしれないと想像するようにしましょう。

理想の相手が実は目の前にいたのに気づかなかったというのは、昔からよくある話。200年も前のジェーン・オースティンの小説はいまなお人々の心に響き、読みつがれています。オースティンの小説は、未来の恋人が実は自分の身近にいてずっと自分を見つめていたという現実世界でよくある出来事を再現しているからこそ、いまなお私たちを魅了するのです。

現実の恋にもっとチャンスを与えてあげましょう。あらゆる可能性を受け入れる準備をしておくことが大切なのです。

ということで、現実世界から候補者を絞る手順です。

まず、あなたが気になる相手全員のリストをつくって、そこから3人選んでみましょう。その一人ひとりについて、お互いのことをもっとよく知るためにはどんな楽しい方法があるかを考えてみて。たとえばバイクで出かけるとか、コンサートに行くとか、美術館に行くとか。公園を散歩する、でもいいでしょう。

バーに行くのも結構、でも、できればライブ演奏のあるバーにして。ずっとしゃべっていなくてもすむし、バンドに相手がどう反応するかも観察できます。また、何かを一緒にすると、相手のことを知るチャンスが多くなります。二人の共通点や相手にユーモアのセンスがあるかどうかもわかります。

楽しかったけどあんまり合わないかもと感じたからといって、「可能性なし」とすぐに決めつけるのはやめましょう。直感に反することにはなりますが、嫌悪感を覚えるというほどでもないかぎり、2回めもデートしてみましょう。

愛とは、さまざまな形でやってくるもの。ときにはあなたの知らないうちに忍び寄っていることもあります。

RULE 7

「ジャンク男」から距離を置くと本当の恋愛が見えてくる

さて、健康なラブダイエット生活を始めたあなたは、気弱になったときにも誘惑に負けたくないと思っているはず。そこで必要となるのが、もとの習慣に「リバウンド」してしまわない環境づくり。

ドーナツが大好きだけど、食べたが最後あとから後悔するのはわかりきっている、というあなた。まずはキッチンにドーナツを置かないようにしましょう。仕事帰りにドーナツショップに寄るのもNGです。

ドーナツは、いうまでもなく元カレのたとえ。

あたたかく、楽しくて、親しみがあって、でも動脈をつまらせるようなトランス脂肪酸たっぷりで、やがては心臓発作を招く……。そういう存在です。元カレやセフレは、いわばスナック菓子みたいなもの。さしあたって空腹は満たせて、糖分のおかげで幸福感も得られるけど、結局は血糖値が低下し、最後には倒れることに。そのあとは空腹感がますます強まります。

ルール3で、あなたを誘惑するもののリストをつくりましたが、改めてそのリストを見直して食器棚をもう一度確認しましょう。こっそりスナック菓子を棚に戻して、「これはカウントに入らないから」なんて勝手な理屈をつけてない？

元カレからセックス目当てのメッセージが来たり、仕事仲間から会議のあとに誘われたりしても、今後そういうことを続けて行きたいというわけでないなら、誘いにのるのはやめましょう。誘いに負けそうになったら、こう考えてみることです。「そんなことをして、なんになるの？　そういうことをしたら、どう感じる？　そのあとはどう思う？」

長期的な目で見て計画を立てましょう。

「ドーナツは半分食べるだけだからいいの」なんて自分をごまかしたって何にもなりません。クリームのフィリングがたっぷりのドーナツは、ひと口食べれば残りも全部食べたくなり、もうひとつにも手が伸びるものです。食品化学の専門家たちが、そうなるようにつくっているのです。誘惑に負けるに決まっています。

フワフワとろとろのペーストを口いっぱいに頬張るとき、私たちは意志の力と戦っているだけでなく、糖分とコーンシロップと脂肪の絶妙な成分調整と加工によって脳のなかで引き起こされる化学反応とも戦っているのです。

同様に、あなたが誰かとセックスするときも、ありとあらゆる感情が解き放たれます。特に、相手のことをすみずみまで知っている、相手も自分のことをどこからどこまでも知っているという場合はなおのこと。

もう二度と邪魔されないために……徹底的に人間関係をチェックしておく

そういう相手から離れるのは難しいものです。でも、相手からの電話をブロックし、相手に出くわすことのない店を探すぐらいは簡単なはず。

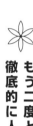

一度、元カレから完全に離れてみましょう。

元カレと会って食事だけするとか、つい思い出して切なくなるとか、そういう時間も感情のエネルギーを消耗するだけ。満たされない思いが残るだけです。元カレのことをあれこれ考えて、ついパソコンの前で過ごしてしまうのはもちろん時間もムダ。いまどうしてるのか、ちょっとだけ調べてみようと思ってキーボードを叩いただけなのに、いつの間にか不安やら嫉妬やらに突き動かされてやめられなくなってしまう……というのはよくあることです。でも、そういうのはSNS上のストーカー行為と同じ。

腹立たしくなったり、空しくなったりするだけで、何もいいことはありません。インスタグラムで元カレが付けたタグをどんどんたどってみるのも意味のないこと。これが最後の1枚！　とポテトチップスに手を伸ばすのと同じです。愛を求めていながら、誰も相手がいないよりはマシというので続けているだけ。そうすれば気も紛《まぎ》れるし、お手軽かもしれませんが、そのあいだもエネルギーは消耗しています。

そんなことをする前に、人間関係の棚卸しをしてみましょう。あなたの人生に登場するすべての人たちのリストをつくって、誰にどれぐらいエネルギーを使い、誰からどれぐらいエネルギーをもらっているかを調べてみるのです。

真の愛を求めるあなたの旅を邪魔しようとする人はいませんか？　それは元カレだったり、隣人だったり、大学時代の友人だったりするかもしれません。ひょっとすると、親友や、両親や、きょうだいかも。あるいは、あなたが誰かとデートしようとするときに妙に非難がましいことを言ったりする、仲のいい女友だちかもしれませんし、自分の時間をつくって毎日を充実させたいのに残業や週末仕事を押しつける、威張りくさった上司かもしれません。

あなたの決意と行動に水を差すようなことを言いがちな人も、リストに書き出しておいて。新しい恋愛関係ができそうなときには、安定した関係になるまではそういう人たちの意見は受け付けないように。何か秘密ができると、仲のいい友人たちについ話したくなるものですが、そこも注意が必要です。

SNSで「つながっている気になる病」に注意

新しい恋を始めるうえでの妨げになる壁がもうひとつあります。

それはSNS。SNSでは、ついいろいろなことを事細かに話さなければならない気になります。

やれ、朝食にワッフルを食べました！　だの、どこどこのブランドのパジャマで寝ました！　だの、ジムで何キロのバーベルを上げました！　だの、クラブで誰それと飲みました！　だの、とにかく日常の細々としたことをつい投稿したくなるのです。

そうすることで、まわりの人たちはあなたとつながってくれているような気になるからです。それはまた、あなたがまわりから認められたいという気持ちの現れでもあります。でも、そういうことに時間を使いすぎると、あなたは自分の人生を生きているというより、観客の前で演技しているだけの人になってしまいます。

「フェイスブック、インスタグラム、リンクトイン……。あなたは、それぞれに違う自分を見せようとしていて、毎日、そのことに多くの時間と手間をかけなければならない。それでは、心も体も疲れてしまいます」

そう語るのは、サイバー心理学者のメアリー・エイケン。

大事な時間は、そんなことより本物の友情を築くために使いましょう。エイケンはさらにこう言っています。

「ひとりの人間がきちんと保ちつづけられる人間関係の数は150人が限界。それ以上になると疲れるだけの関係になってしまいます」

新しい恋愛関係は小さな苗木のようなもの。ゆったりとした空間と、さんさんと降り注ぐ光がなければ強く育ちません。お互いが常に細やかな気遣いを忘れず、お互いの気持ちを伝え合い、信頼感を育てていくことが必要です。

それとともに、あなたの幸福を心から願っている人物は誰なのか、必要なときにあなたの未来のパートナーのことを話すことができる相手が誰なのか、そこもはっきりさせておきましょう。

そのデート相手とはもう二度と会わないと決めているわけじゃないのなら、自分のデートを友だちにウケるためのネタにしたりしないように。とっておきの話は、相手を選んでするものです。

PART 3

落とし穴にご用心

RULE 8

アルコールとの関係を見直すだけで恋の充実度も変わる

質問：アメリカのデートレイプのきっかけになったドラッグのうち、最も多いのは何でしょう？（警察＆ＦＢＩ調べより）

答え：アルコール

お酒は楽しいものですし、楽しく飲みたいものですが、どこまでが楽しくて、どこから楽しくなくなるのかは人それぞれ違います。２杯めのマルガリータでもう頭がガンガンしてそこでやめる女性もいれば、何杯飲んだのか記憶になく最後には潰《つぶ》れるほど飲みつづける女性もいます。

どのへんでやめておくべきか自分自身で把握しておかないと、とても危険。というのも、アルコール絡みの性的暴行がとても多いのです。ルール4でもお話ししたように、国立アルコール乱用・依存症研究所によれば、性的暴行の半数には被害者もしくは加害者、あるいはその双方の飲酒が関わっているとのことです。

そもそも女性は男性より酔いがまわりやすい

マッチングアプリを使って実際に相手とデートするときはとても緊張します。アルコールは、そういうときにうってつけ。アルコールは人前に出るときの鎧《よろい》の役割をはたしてくれます。

でも、問題は抑制がきかなくなること。女性のカラダがアルコールを処理する方法は男性とは違います。

「男と女がほぼ同じ量のお酒を飲んだときには、女性のほうがアルコールの影響を受けるのが早いのです」

そう語るのは、女性へのアルコールの影響を研究しているシャロン・C・ウィルスナック博士。

たいていの男性は女性より体が大きく、女性は男性より脂肪が多い。そういった違いから、男性はアルコールが抜けやすく、女性はアルコールが体内にとどまりやすいそうです。くわえて、男性は「アルコール脱水素酵素」と呼ばれる胃のなかの酵素の活性が高く、アルコールを分解しやいのです。

女性は、男性に比べて体内のアルコールが濃縮されてしまうため、酔うと言葉が不明瞭になったり、つまずいて転んだりしやすくなります。

ウィルスナック博士はこう語ります。

「アルコールを過度に摂取すると判断力が鈍ります。そのため、何度も危険な兆候に出くわしても、気づかなくなるのです。それに、カラダも適切に反応できない状態になります。軽くほどほどに飲んでいるならリラックスした気分にさせてくれます。ほとんどの女性が、そういう段階でその気になるのです」

夜のデートでワインを2杯飲むぐらいならかまいませんが、「自分はお酒に強い」と思っている女性でも、4杯めあたりになると、滑舌が悪くなったり足もとがふらついたりするようになります。実際、国立アルコール乱用・依存症研究所では、「女性の飲み過ぎは、2時間以内に4杯飲む程度」と定義しています。男性の場合はこれが

「2時間以内に5杯」となります。

重要なのは、いつ「このへんでやめておこう」と思うか、なのです。

ひとりで寂しい思いをするのがイヤなばかりに、お酒の力を借りてシラフだったら寝たりしないかもしれないような相手とセックスする。結局、真のパートナーを見つけるどころか、人の家のシーツにくるまったままひどい二日酔い状態で目覚めて、「私、ここでいったい何やってるの？」と思う……。

まったく身に憶《おぼ》えのない話ではないのでは？

この10年ほどで私が見聞きしてきたなかで、いちばん気になることのひとつ、それは泥酔する人が増えていることです。

２０１５年、国立アルコール乱用・依存症研究所は、大学生の60パーセントが飲酒していて、そのうち3人に2人がアルコールの過剰摂取を経験していると報告しています。しかも、２００５年から12年のあいだのアルコール過剰摂取の経験者数は、男子では４・９パーセントの増加だったのに対して、女子では17・５パーセント増だそうです。

イギリスでは18歳から飲酒できますが、イギリスでも同じような問題が深刻化しています。アメリカでは21歳以下がアルコールを買うことはできませんが、その理由のひとつは、若い女性の身を守るためです。ワシントン・ポスト紙によれば、2013年、過度な飲酒の結果緊急搬送された女性は100万人にのぼりました。しかも、アルコール関連で死亡する25〜44歳の白人女性の数は、1999年以降倍増しているのです。

勢いをつけるために飲む人たちの末路

過剰な飲酒が若い女性のあいだで蔓延《まんえん》している理由のひとつは、心が通い合う親密な関係になる相手が欲しいと思っているのに、ほとんど知らない相手にもセクシャルな態度を取らなければいけないというプレッシャーを感じている点です。

私の友人で、女子大学前学長を務めた女性によれば、女子大生たちは、週末、街へ繰り出す前には必ずお酒を飲むのだそうです。その理由は、「だって、全然知らない男の前で裸になるんだし、そのことをあれこれ考えたくないもの」という答えが多かったとか。

私が『コスモポリタン』誌の編集者をしていたころ、大学での過剰飲酒や、セックス目当ての飲酒についての特集を何度かやったことがあります。

そのとき、女性たちから聞いた体験談のなかでも衝撃的だったのは、アルコールが、「急に男から体を求められたときを乗り切る薬のようなもの」になっているという話です。アルコールのせいにすれば、お互い翌日の気まずさをやりすごせ、「楽しい時間を過ごしたんだから、ま、いいか」と思って失望感をごまかせるのだそうです。

2016年、『性的行動アーカイブ（Archive of Sexual Behavior）』に発表されたある研究によれば、女性は酔っ払っていると「通常とは違う」パートナーを選ぶ傾向があると明らかになっています。

この研究ではまた、セックスに関して、女性はアルコールによって「冒険的」になることもわかっています。女性はとにかく自分の飲酒について注意するにこしたことはありません。

男性にはもちろん、女性にそういう傾向があるからといって、そこにつけ込むようなことはしないでほしいですが、女性はくれぐれも自分のお酒の限度を守るようにしてください。

『アルコール・薬物研究ジャーナル』に掲載された研究によると、望まないセックスをした大学生の82パーセントがアルコールの影響を受けていたということです。

また、『バージニア州高等教育会議』の研究によると、レイプ被害にあったバージニア州在住の大学生世代の女性の47パーセントが「アルコールを飲んでいたことで十分に抵抗できなかった」と答えているそうです。

そういう事実を思い出すようにしてください。

知っておくべき「最新アルコール事情」って？

映画でも、私たちの実生活でも、アルコールは女性たちを結ぶ絆《きずな》の象徴になっています。

だって、最近、アルコールなしの集まりなんてあったかどうか、思い出せます？

読書会ではソーヴィニヨン・ブラン、妊婦さんのお祝いパーティーにはプロセッコ、女子会には季節によってマルガリータかマンハッタン。必ずアルコールが出ませんでしたか？　ウエディングパーティーにバースデーパーティー、そういう口実をつくってはシャンパンを空け、いい気分になっているのではないでしょうか。

２０１７年夏、人気のあったハッシュタグは「#RoseAllDay」（1日じゅう赤い顔）だったそうです。

アルコールを飲むことは、いい時間を過ごしたいという意思表示の手段になっているのです。そして、アルコールを摂取することは、あなたがいい時間を過ごしたいと思っている世界、実はそれほどステキでもない世界に向けて身がまえる手段にもなっているのです。

「アメリカで飲酒する人の85パーセントが21歳までにお酒を飲みはじめています」ジャーニガン博士はそう語っています。

また、何十年ものあいだ、ティーンのあいだで人気のアルコールはビールでしたが、最近は変化があるようです。

「『バド・ライト』がいまも人気のトップですが、『スミノフ・アイス』や『マイクス・ハード・レモネード』といった飲み口の軽いアルコール飲料、いわゆる『アルコポップ』が、2位、3位になっています。甘くて、発泡性で、色あざやかな、アルコール感を嫌う若い世代に向けて業界が宣伝に力を入れている飲料ですね。『セックス・アンド・ザ・シティー』が大きなターニングポイントになりましたね。あそこに出てくる女性たちは、必ずカクテルを手にしている。ひところに比べると、テレビで飲酒シーンを見る回数ははるかに多くなっています」

前にもお話ししたように、大量飲酒の傾向も高まっています。

特に女性にその傾向が強く、ジャーニガン博士によれば、2005年から12年にかけて、男性の飲酒率が4・9パーセントの増加だったのに対し、女性の飲酒率は17・5パーセント増加したとのこと。

しかも、疾病管理予防センターによると、残念ながら女性は男性より酔いやすい一方、飲酒量が多くなると脳萎縮《のういしゅく》や心疾患、肝臓病にかかりやすいそうです。ジャーニガン博士も「同量のアルコールを飲んだ場合、女性は男性より肝臓や脳、心臓へのリスクが高くなる傾向があります。また、10代女性の場合、10代男性に比べて2倍、うつになりやすい。うつ病とアルコールなどの乱用との相関関係は、少年より少女のほうが強いと言える」と語っています。

にもかかわらず、テレビや映画では、飲酒する女性たちは楽しんでいるところを描かれる場合が多く、嘔吐《おうと》するような陰惨な場面は描かれません。そういう場面も、おもしろおかしく描かれるだけなのです。でも、実生活では、そうはいきません。最初は笑えても、すぐに恐ろしい状況になってしまいます。

最初はあえて「ぎくしゃくしていた方がいい」理由

アルコールは、相手を知るときの最初のぎくしゃくとした段階をすっ飛ばしてくれます。ぎくしゃくした段階など必要ないと感じるかもしれませんが、実はそこが大事なのです。

その段階こそがあなたを守り、酔っ払っていては気づくことができない回り道を教えてくれるものだからです。アルコールは、あなたに危険を知らせる赤い旗を見えなくしてしまうのです。

ネットデートの問題点は、女性たちが愛は自然発生的なものと思い込んでいることにあります。でも実際は自然発生的なものなどではないので、アルコールがそこに連れて行ってくれるかもしれないという偽りの希望をもたらすのです。

アルコールは、人と人が親しくなる過程を大幅にスピードアップしてくれます。現代は、何でもスピーディなのがもてはやされる時代。マッチングアプリを開いて2時間後には誰かとデート。だいたいはどこかのバーで会って一杯飲んで、自分を押さえつけている理性から解放される。ネット上でつくりあげた気の効いたキャラクターになるために飲むわけです。

最初のデートでセックスを断ったりすれば、お高く止まった女だと思われる。だから、飲むことでそんな不安を吹き飛ばしたい。でも、そんなとき、心のなかの警告も吹き飛ばしているのです。その瞬間はとてもいい、でも、その後が最悪……。そう、ファストフードと同じです。

いまやセックスの相手を見つけるなんて簡単です。ある日の午後、私に雑誌を届けにきた『コスモ』誌のあるスタッフがこう言っていました。

「いまどき、セックス相手に困っている人なんていませんよ」

でも、心から信頼できる関係を築くのはそう簡単なことじゃありません。ステキなセックス、セクシーなセックスを体験するのは、そう簡単ではないのです。

お酒についてのセルフチェック

飲酒について記録しておくことにしましょう。

＊あなたはどのぐらいの量、お酒を飲む？
＊ひと晩にグラス何杯ぐらい？　1週間でどれぐらい？
＊飲酒のせいでイヤな目にあったことはある？
＊暴行されたことがあるとしたら、それはお酒絡みだった？

この際、自分の飲酒生活について正直に書きましょう。そして、友人と飲酒の関係についても考えてみましょう。

＊友だちのなかで、いちばんよく一緒に飲む相手は誰？　その人といると、ついお酒が進む？　その人の言動に、何か違和感を覚えることはない？
＊いちばんお酒の量が少ない友人は誰？

私は「お酒を飲んではいけません」などと言っているのではありません。グラス1杯でちょっと自信が持てる。私もそう思います。だからこそ私たちはお酒が好きなのでしょう。楽しい気分になるし、ちょっと酔いが回ると気持ちいいものです。でも、まわりの人に合わせる必要はありません。自分の限度をしっかり知っておきましょう。

もうひとつ、試してほしいことは「シラフでセックス」です。『性研究ジャーナル』の研究によると、アルコールは男女を問わず、セックス中に性的な反応を鈍らせることがあるそうです。つまり、最高のオーガズムは、むしろシラフのときのほうが得られやすいのです。

RULE 9

お手軽エッチはフライドポテトみたいなもの

ここでは、「セックスの重さを計る体重計」を分解してみましょう。どこか故障しているかもしれないからです。

あなたのセックスライフは、このラブダイエットのなかで重要な役割を担っています。なぜなら、ありとあらゆる感情がそこに関わっているからです。いい人なのにセックスがひどければがっかりでしょうし、ひどい人なのにセックスがいいと戸惑ってしまいます。ひどい人とのひどいセックスは最悪の気分。

目標は、いい人とのステキなセックスです。

日誌を取り出して、以下の質問に答えてみてください。

エッチを見直す質問

まずは自分の性的な歴史を分析してみましょう。

＊最後にステキなセックスをしたのはいつ？
＊相手は誰？　どういう状況で？
＊オーガズムは感じた？　その人とはまた会った？

次に、いままでの性的な出会いについて考えてみましょう。

＊その場限りのセックスはしたことがある？　何度ぐらい？
＊相手への自分の気持ちを確かめたくてセックスをしたことはある？
＊酔っぱらってセックスしたことはある？　何度ぐらい？
＊いつもオーガズムが得られる？

なかには、ちょっと強烈でとまどうような質問もありますが、性的な結びつきについて、さまざまな分析や文化的な研究がある一方で、セックスは手軽なものという幻想も根強く残っています。「セックスなんて深刻に考えるほどのものじゃない、誰でもやってることじゃない！」というわけ。

でも、それは間違い。実際、2016年、『性行動アーカイブス』に発表された研究を見ても、ミレニアル世代では「性に対して消極的」という人が、1960年代から70年代にかけて生まれたいわゆる〝X世代〟に比べて2倍になっていることが明らかです。

その理由として、この研究では、教育やキャリアが重視されるようになってきたことをあげています。もうひとつの理由は、相手との「合意」をめぐる誤解や不安です。

多くの女性にとって、セックスは悩みのタネです。特に、性的な頂点を迎える20代半ばの女性は、新しいキャリアに足を踏み入れる時期でもあるため、精神面、感情面でもたいへんな時期にあります。

「仕事をうまくやっていかなきゃ、というプレッシャーがことを複雑にしています」

そう語るのは、ニューヨークを拠点に活動するセックス・セラピストのローガン・レブコフ。

「感情面で深く結びついた関係を構築するなんて、とても時間のかかることにしか思えません。ですから、とりあえず、先延ばしにしようとします。一緒に暮らすようになったら考えればいいじゃない、ということですね」

恋愛関係は、たしかにたいへんなエネルギーと時間が必要です。でも、単なるカラダの関係でも同じこと。ヘレン・フィッシャーがこう語ります。

「お手軽なセックスは、必ずしもお手軽ではありません。性行為は、数多くの強烈な感情を解き放つものだからです。性器への刺激によってドーパミンが増加しますし、そもそも触れられるという刺激で、幸福感や感情に関連するホルモン、オキシトシンが増加するからです」

でも、ダイエットでも同じですが、セックスの場合は特に、無意識でするなんてもってのほか。意識的にならなくてはいけません。無自覚的に漫然と食べ物を口にしていれば、脂肪や糖分しか残らずどんどん体重が増えるだけ。

同じように、「ろくに考えもせず性行為に及ぶなんて、愛の目標の邪魔になるやっかいな荷物を背負いこんでしまうようなものなのです。知らない相手とベッドに入る前に、ちょっと立ち止まって、自分が期待していることは何なのか、考えてみて。

もしあなたが、そのお手軽セックスに純粋に楽しみだけを求めていて、解放感が得られるからするだけ、というのであれば、それはそれでけっこうです。

もしあなたが、相手にもう一度会いたいと思っていて、相手もそう思っている。そして、セックスがお互いの関係の始まりを意味する出来事なのであれば、それもすばらしいことです。

でも、セックスが何かの始まりになるかもしれないと期待しながら、そのことに確信がもてないのなら、相手がまた連絡をくれるまでのあいだ、イライラしながら待つことになります。

エッチを避けすぎるのも考えもの

でも私は、お手軽なセックスがすべて悪いと言っているわけではありません。悪いどころか、何かもっと大きなものをもたらしてくれる可能性もあるでしょう。

「お手軽なセックスは、男のほうから求めて女が付き合うもの。そんなふうに思われているかもしれませんね」

そう語るのは『お手軽セックス文化についての調査』に掲載されたある論文の著者、ジャスティン・ガルシア。彼の調査によると、お手軽セックスに手を出す男性の63パーセントが、「自分は、本当はもっとロマンチックな関係を求めている」と答えているそうです。

ガルシアがヘレン・フィッシャーとおこなった調査では、調査対象の3人に1人が「お手軽なセックスがきっかけでロマンチックな関係に発展した」と答えているそうです。

「男性も女性も、性行為のあともその夜をともに過ごしたいと思い、じゃれあいのような行為をおこなうという例が50パーセント以上になっています。性行為だけで、ハイさようなら、ということではないわけですね」とガルシア。

「誰かとセックスをすれば、ありとあらゆる感覚が呼び覚まされます」

そう語るのは、セックス・カウンセラーのイアン・カーナー博士です。

「人間は、セックスの最中は相手のカラダについてさまざまな生物学的な情報を集め、自分のカラダの反応を通して相手に答えを伝えているのです。匂《にお》いは好きか。味はどうか。その感覚が好きになれるか。安心できるか。オーガズムが得られるか。性的な出会いのなかで、そうした重要な情報がチェックされるわけです」

博士は、健全な恋愛関係かどうかを決める尺度は「快楽があるかないか」だとも語っています。

「快楽がなければ、セックスライフは、潤いのない、ひからびたものになっていきます。快楽こそは、できるだけたくさん摂ることが望ましい基本の栄養素です」

カーナー博士の言う「快楽」とは、あたたかくて、夢のような心地になるセックスの感覚を指します。

ニューヨーク大学の社会学教授、ポーラ・イングランド博士によると、最初の出会いでの気軽なセックスでオーガズムを得た女性は11パーセントで、同じ相手との性行為が2回め、3回めになると16パーセントまで増加するとのことです。

誰もが悩みます――『コスモポリタン』でも仕事より多かったエッチの質問

私が『コスモポリタン』誌に参加したときに驚いたのは、いかに多くの女性が性知識を得るのに雑誌を頼りにしているか、ということでした。

読者から最も多く寄せられる質問は「賃金を上げてもらうには、どう交渉したらよいでしょうか？」などではなく、「どうすればオーガズムを得られるのでしょうか？」でした。アメリカでは、学校でそういうことを教えてくれません。

「問題は、性教育の場で快楽というものが何かについて、女の子たちに教える人がいなかったこと」

そう語るのはマリーナ・キーデケル。4年にわたって『コスモポリタン』誌で愛と性関係のみごとな記事ページを担当してきた人物です。

「性教育の仕組みの問題だと思う。そうならざるをえない仕組みなの。精子や卵子、コンドームのことは習う。性感染症になってはダメ、ということも教わる。でもその先は、自分で考えなさいと放り出されるわけだから」

だからこそ、そこから先は、私たちがそのための特集記事をつくって、マスターベーションの方法や妄想のしかた、オーガズムのことなどを教えなければならなかったのです。私たちは、男性にも女性にも向けて書いていたつもりです。

「フェラチオの話も載せたけど、男が女に向けてやるオーラルセックスのことも、きちんと書いたわよ」とキーデクルは語っています。

ベッドの中でも王子様幻想は捨てましょう

そうした記事の目標は、女性たちが自分のカラダについて理解すること。

とはいえ、今日、統計を見ても、読者の経験談を読んでも、セックスがいまなおがっかりさせられるものだったり、不安のもとになったりしています。

「誰でもステキなセックスをしたいと思っているんですが、自分がセックスのなかで心細く思ったり、不安に思ったり、自信がなくなったりする気持ちを上手に表す術《すべ》をもっていないわけです」

レブコフはそう語ります。私たちは、ときとしてまったく見知らぬ男性の前で裸をさらしますが、自分がベッドで望むことを口に出したりはしません。だって、そんなことをすれば、興奮するかもしれないけど、恥ずかしいし怖い……。でも、その問題を解決するには、相手と話すしか方法はありません。

「そういう気まずさを味わうのがイヤで、私たちはそそくさと先へ進もうとするわけです」

女性の側からすると、それが結局、オーガズムに達したと演技することに行き着いてしまいます。

でも、そもそも楽しんだ「振りをする」ことの意味って？　そんなことをしても、誰のためにもなりませんよね？　レブコフはこう語ります。

「その気まずい時間にあえて話してみることが、実は絶大な効果があるの。たとえば『ねえ、こんなこと言うのは恥ずかしいんだけど、ここをこうしてもらうのが好きなの』というように、自分が気持ちよく思うことを相手に伝える。それを言わなければ、ベッドのなかで自分が望むものを手にする機会なんて永遠にありません」

もうひとつ、私たちがしなければならないのは、キーデケルの言う「王子様幻想」を脱すること。

つまり、相手のことを、あなたが黙っていてもあなたの望みをすべて知っていてかなえてくれる完璧な王子様だなんて勘違いしないことです。キーデケルはこう語ります。

「ステキな相手が現れると、私を喜ばせてくれる術を知っているはずなんて気になってしまうかもしれません。自分で自分のカラダをすみずみまで探ってどうすれば気持ちがよくなるかさえ調べず、それを相手に任せてしまう。社会のさまざまな分野で女性が力を持つようになった時代なのに、そういう女性が多いことは衝撃的でした」

男任せにしないで！　自分で自分のカラダを知っておく

どうすれば気持ちがいいのかを相手に教えるには、まず自分自身がよく知っておく必要があります。自分がどうすれば性的に興奮するのかを知るのは、誰もが知っておくべき基本的な栄養素みたいなもの。

ここでは、ノートはしまっておいて、バスタブかベッド、ソファで横になって、自分のカラダについて知ることにしましょう。まずは自分の手や指で確かめることが大事です。自分のカラダを探検してみることは、何が快楽をもたらしてくれるのかを知る唯一の方法で、クライマックスに達するための鍵でもあります。

　カーナー博士が言います。

「快楽を経験することは、オーガズムを感じ、相手とつながっている、愛されている、必要とされているという感覚をもち、またこの相手とセックスをしたいと望むようになるという、満足感のある性的体験にとって重要な要素となります」

　次は、愛のダイエットのエクササイズ編です。スクワット、腹筋、腕立て伏せと同じようなものですが、もっと楽しいかもしれません。ワークアウトに「心の絶頂」を加えましょう。

　カーナー博士によると、それは「性的興奮をもたらすようなエロチックなシナリオを妄想してエロチックな刺激に対してオープンになること」です。「そうした妄想は、性的興奮のレベルを上げることができるので、多くの女性が感じるセックスがらみの不安もはるかに超えてしまいます」。


　女性たちは男性をあまり信用していないかもしれませんが、男性は女性を悦《よろこ》ばせようと思っています。でも、悦んでいることを伝えなければ相手にはわかりません。レブコフはこう語ります。

「男たちは、相手が振りをしているかどうかは、あまり気にしていません。そんなことより、相手が何を望んでいるかを知りたいのに、口に出せずにいるのです」

「こうしてくれると、とても気持ちいいんだけど」と口に出すのは気が引けるというのであれば、体を使いましょう。レブコフはこう語ります。

「相手の手をあなたのカラダにもってきて、動かせばいい。そのとき相手がどういう反応をするかも、相手がいいパートナーになれるかどうかを試すリトマス試験紙になります。関心を示さないようなら、もうその段階で終わり。時間のムダです」

エッチの前に確かめること

というわけで、誰かとセックスする前に、自分に次のような質問をしてみましょう。

＊自分がいま、特定の人と肉体関係を持っているのはなぜ？
＊ただセックスがしたいから？
＊自分がいま、特定の人と肉体関係にあるのは、彼に自分を好きになってほしいから？
＊そしてセックスすることがその目的をかなえると思っている？
＊それはいい経験だと思う？

あなたはもう出かけるところかもしれませんが、もう少しお付き合いを。

＊相手との関係がこの先もたらすいい点は？
＊その差し引きから考えると、いまの関係には価値がある？

あなたはもう着替えるところかもしれませんが、以下の確認も大切。

＊彼は一緒にいると安心感や安全感を覚える相手ですか？
＊お互いの合意について、ちゃんと配慮するタイプ？
＊あなたは避妊具の話をちゃんとできる？

ちなみに、言うまでもありませんが、きちんと避妊することは快楽を経験するための大前提。カーナー博士はこう言っています。

「きちんと避妊しないセックスに快感を覚える女性はあまりいません。女性は、ただでさえ自分がしているセックスに何らかの不安を感じているからです」

快楽追求モードと警告モード

安全であると確認できたら、先へ進みましょう。自分がどうすれば気持ちがいいのか、どういうことが好きなのかを相手に伝えます。もちろん、相手も気持ちよくしてあげる気づかいが必要。カーナー博士はこう語ります。

「たとえば『あ、ちょっと痛い』とか『もっと軽くして』とか『もっと優しく』といったことが言えるかどうか、そして、そこから相手とのやりとりにいい循環が生まれるかどうかに注意するといいですね」

もしそれがうまく行かず、不安が大きくなるようなら、あなたのカラダは「快楽追求モード」から「警告モード」へ切り替わってしまうでしょう。ガルシアは言います。「人間のカラダは、周囲の環境、特に安全か快適かといった条件に敏感に反応するものです。安全だと感じれば楽しくなって恐怖心がなくなるので、生物学的にも別の段階に切り替わることができます」

セックスの目的は、輝かしく楽しい時間を過ごすこと。でも前戯が性的暴行に変わるといった統計もある以上、おかしな方向に向かったときに自分の身を守ることも考えなければいけません。

ルール5でスティーブ・カーディアンが語っていたように、万が一のときにはいろいろな口実で身を守ることも必要です。気分が悪くなった振り、吐きそうな振りをしてトイレに駆け込むのもいいでしょう。

二度と会いたくない相手なら、自分は性感染症にかかっているという嘘《うそ》もオーケー。自分が安全にその場を脱出できるのであれば、必要なことは何でも言いましょう。

人を傷つけようとする人間、相手に対する敬意をもっていない人間を簡単に見分ける方法があったら、どんなに助かることでしょう。ルール11でご紹介しますが、そういう方法がないとは言えません。

でも、相手が付き合う価値のある人間かを判断するには、ベッドのなかで試すのがベストです。彼があなたに心からの思いやりをもった人間なのか。あなたは彼を信じていいのか。それがわかって初めて快楽を味わうことができるのですから。


要は、どういうときに自分にスイッチが入るのかを知っておくことが大切。指を使ってもいいし、バイブレーターでもドライヤーを使ってもいいでしょう。どういう状態で自分が興奮するのかがわかったら、それを口に出して相手に伝える練習をしましょう。先々、相手が現れたときに、思いが伝わりやすくなります。

心がけたいのは、「女は男より性欲がない」といった類《たぐ》いの都市伝説を頭のなかから追い出しておくこと。

『現代 性と健康レポート』に掲載された2014年の研究でも、女性は男性と同じようにセックスを渇望していることが報告されています。

女性も性的な存在。そのことがわかったら、じゃあ自分はどんなふうに性的な存在なのかを調べてみること。

それが真の快楽を発見するための第一歩。自分のことがだんだんわかってきたら、そのことをパートナーと共有しましょう。

すると彼、もしくは彼女は、あなたの性的体験のなくてはならない一部になるはず。

そういう状態を目指しましょう。

RULE 10
アダルト動画に毒された男たちは意外と多い

昨年のある晩のこと。私はＬＡで男友だちと飲んでいました。ハリウッドで成功を収めた映画プロデューサーです。付き合った女性は数知れないという彼は、何杯か飲んだあとにこう言いました。

「私は女性のなかで出したことはないんだ。いつも顔の上に出すからね」

あるとき、いつも彼と寝ているセフレがそういう彼の行為を嫌がって、彼がクライマックスに近づくと、枕の下に隠していた航空会社のアイマスクを出して大急ぎで着けたそうです。彼のフィナーレを見たくなかったからです。

「相手がそんなに嫌がっているのにどうしてそういう行為にこだわるの？」

と私が尋ねると、彼は「妊娠させるのが怖いんだ」と答えました。彼自身は認めませんでしたが、結局、彼は、ポルノ的な幻想に支配されているのです。世の中にあふれるアダルト映像の世界では、男たちは常に女性の顔、ときには目に向かって射精しています。

『コスモポリタン』誌でも、この顔面射精についてこんな質問をとりあげました。

「私のボーイフレンドは、いつも私の顔に出したがります。彼の気持ちを傷つけず、また古くさい女だと思われずに、彼にそういうことをしてほしくないと伝えるにはどうすればいいでしょうか？」

ここでもやはり、恐れを知らぬ広告界のレジェンド、シンディー・ギャロップに登場してもらいます。彼女は、世界一注目されるプレゼンの場『ＴＥＤトーク』で、顔面シャワーに対する強烈な嫌悪を声高らかに訴え、こう言ったのです。

「とにかく、やめて！　そういうことは望んでいないの！」

アダルト動画のセックスは、リアルなセックスではありません。そうしたアダルト映像が程度の差はあれ性的暴行に結びつくことについても、専門家たちにももっと議論されるべきでしょう。

私はAV女優じゃない。大反響を呼んだ記事のタイトル

私が最も問題だと思うのは、たいていのアダルト映像が呆《あき》れるほど女性をおとしめ、女性を侮辱するような内容であること。

そこでは、女たちは平手打ちをされ、魚みたいに裏返しにされ、穴という穴に巨大なペニスを押し込まれ、男たちは「この売女!」「尻軽が!」などと叫んでいます。しかも、最大の嘘は、女たちがもっとそうしてほしいという演技をさせられていることです。

私が『マリクレール』誌や『コスモ』誌で若い女性の声に耳を傾けるなかで、いちばん胸がふさがれたのは、女性たちにAV女優のような見かけと行動を期待する今日の男たちに対して、女性たちがあきらめ気味であることです。

陰毛処理がいい例です。

ビキニに合わせて陰毛を処理するのはいまや当たり前。レーザーで陰毛を全部除去してしまうこともだんだん一般的になってきました。若い男性とセックスしたある読者がこんなことを教えてくれました。性教育なんて受けたことがなくAV動画サイト

を見ることぐらいだった彼は、生身の女性の陰毛を見たことがなく、陰毛を剃《そ》らないなんてヘンタイだと思い込んでいたのだそうです。

アダルト業界のお決まりのパターンによって、女性のカラダについてまで間違ったイメージを植え付けられてしまうなんて、なんと気の滅入る話でしょう。でも、もっとおぞましいのは、そうした動画がセックスについての期待や想像力に歯止めをかけてしまうことです。

2014年のこと。トレイシー・クラーク＝フローリーが『コスモポリタン』誌に衝撃的な記事を書きました。ものすごい数の反響があったその記事のタイトルはこれ。

『私はいかにしてAV女優みたいな行動をやめて最高のセックスを手にしたか？』

多くのミレニアル世代同様、彼女もまたアダルト動画で性的なことを学んだので、20代では男たちに言われるがままに「巨大なペニス」を愛撫《あいぶ》することで興奮する振りをしていたそうです。

「あるとき、AVの広告映像に出てきそうな行為をしたあと、相手がこう言ったの。『〝プレイボーイ〟を初めて見たときみたいに興奮した』って。でも、私はまったく興奮していなかったし、オーガズムもなかった。そういうAVまがいの行為で私が感じたのは、自分が少なくとも求められてはいるという満足感だけだった」

AVまがいの罵りや暴力的行為も苦痛でしたが、毎回陰毛処理をするせいで陰部がカミソリ負けして、軽い下着でもヒリヒリするほどでした。

でも、やがて彼女は、「AV女優のような演技はやめること。そして、自分のスイッチが入るのは実際にはどういうときなのかを真剣に考えること。さもないと、本当にセクシーなセックスなんかできない」と実感します。

それは新しいボーイフレンドができたときのことでした。彼といると、自分がどういうことに興奮するのかを安心して試すことができたのです。彼女は「相手を気持ちよくしてあげることだけじゃない何かを、セックスに求めるようになった」のです。

私が幼かったころは、ポルノなんて『プレイボーイ』誌や『ペントハウス』誌で目にすることができる程度で、それも今日ネットで見られるような内容に比べれば、ごくおとなしいものでした。そういったものが家庭のなかに持ち込まれる手段として、次に出てきたのはビデオテープです。１９８０年代から90年代にかけて、アダルトビデオのレンタル回数はハリウッド映画の４倍にもなりました。そして、インターネット時代がやってきます。

アダルトビデオの比じゃないネット動画の影響

ダインズ教授はこう語ります。

「ネットによって、誰でも簡単に、しかも匿名でそういう映像を手に入れられるようになりました。この３つの特性が需要を拡大したのです。アダルトサイトのひと月のアクセス数は、いまや〝アマゾン〟〝ネットフリックス〟〝ツイッター〟を合わせた数字をも上回っています」

最も人気のあるアダルト動画の２０１６年のアクセス回数は３２００万件に達しています。２０１７年の『ニューヨーク』誌で「現代のキンゼイ・レポート」と呼ばれた調査によると、世界最大のアダルト映像消費国はダントツでアメリカが１位。

2位のアイスランドを大きく引き離しています。アメリカの利用者の75パーセントは男性で、25パーセントが10代。利用者の年齢層は18歳から65歳までだそうです。

この調査に18歳以下のデータがないのは残念なことです。性に目覚めて興味津々の少年たちがグーグルで「セックス」とか「AV」を検索して、洪水のように世にあふれる暴力的なセックス動画に接していることは多くの研究で明らかになっています。変態プレイサイトにも簡単にアクセスできますし、あらゆる種類のアダルト動画を目にできる時代です。ちなみに、これを書いている時点で人気があるサイトの名前は《ポケモン・ポルノ》です。

自由なセックスの考え方を提示して世間を揺《ゆ》るがした『飛ぶのが怖い』の著者、エリカ・ジョングが指摘するように、ポルノは簡単に欲望に火をつける手段です。アメリカだけでも、4000万人が日常的にアダルトサイトを訪れています。

ダインズ教授はこう語ります。

「男性を勃起《ぼっき》させて7、8分で射精させるのがアダルト動画の役割。セックスと愛や思いやりの結びつきを求めるのであれば、そういうサイトはまったく役に立たないわね」

ステキなセックスはポルノの世界よりはるかに複雑。今日のアダルト動画は即物的な満足を得るためのものであって、リアルな人間関係をつくるためのものではありません。

人間関係にポルノが及ぼす影響について2012年、『社会・臨床心理学ジャーナル』に掲載された研究結果によると、男性も女性も、アダルト動画を利用することによって他の人との現実的な関わりが低下し、男性には特に大きな影響があるとのことです。別の研究からも、アダルト動画を利用しない恋愛関係のほうが絆が強く、浮気率も低いことがわかっています。

行動心理学者のメアリー・エイケンは、ネットにあふれるアダルト動画のことを「規制のない最大規模の日常的な社会実験」と呼んでいます。子供もティーンエイジャーも、幅広い年齢層がアクセスできるからです。一方、ゲイル・ダインズ教授は、アダルト動画を見ると、男性の「性的パターン」が変わっていくと指摘しています。

「AVを見ながら育った男性は、親密で思いやりにあふれた恋愛関係や愛情、さらには人と人の結びつきについてきちんと理解できなくなります」

エッチについて話してみる

もちろん、若いころからアダルト動画というレンズを通してしか性について知ることがないと健全な恋愛関係など結べなくなってしまうことは、いうまでもありません。健全なセックスは、愛情に支えられた恋愛関係にとって最も大切な要素。お互いが敬意を持つことで成り立つものなのです。

アダルト動画は、リアルな人間関係や思いやりに満ちた恋愛関係とはほど遠いもの。あなたは、台本どおりにこなしている演技や暴力的なセックス映像を見ている単なる観客で、それは覗きにすぎず、そこに参加しているわけではありません。自分が本当はどういうことで性的興奮を覚えるのかを知る唯一の方法、それはまず自分に問いかけ、自分で実験し、そして相手に伝えてみるしかありません。

《メイクラブ、ノーポルノ》というサイトを立ち上げたシンディー・ギャロップは、そこでセックスについて語り合うことにしました。

「問題はアダルト動画にあるのではなく、リアルな世界でセックスについて話し合わないことにあるのよ」

そのサイトでは、普通の人々によって演じられ、ていねいに制作された「リアルな世界でのセックス」映像を見ることができます。映像は、お互いの合意があり、自然な流れがあり、AVの定番パターンを使わないというルールに基づいてつくられています。また、お互いに敬意があるかぎりは、そんな性的趣味や体験も許されています。

私はこのサイトの映像を見ていませんが、ステキなセックスはステキなコミュニケーションから生まれるという彼女の主張は支持します。

「みんながセックスについて話さないから、セックスは私たち一人ひとりにとって安全が保証されない世界になってしまっている。私たちは裸になれば完全に無防備。そういう場面では誰もがとても脆《もろ》い。だからこそ、おかしなことだけど、自分がいまセックスしようとしている相手、セックスしている相手と、セックスのことを話すことに抵抗を覚えてしまうのよ」

セックスについて話し合う。そこから自分に快楽をもたらしてくれるものが何なのかがわかり、信頼できる相手にそのことを伝えられるようになります。

「私たちの多くは、幸運にもいい家庭に生まれて、両親から礼儀やモラルや責任感については教わっているかもしれない。でも、ベッドのなかでどう行動するかについては教わっていない。だから誰かが教えるべき。だって、共感、寛容さ、気遣い、優しさ、正直って人生のあらゆる場面で大切なものだから。もちろん、ベッドのなかでもね」

パートナーに期待しても無駄とあきらめる前に

自分にとってセックスがどういう価値をもっているのかを考えましょう。ルール9と、このルール10は関連しています。ルール9とのつながりのなかで考えてみてください。あなたにとっての価値は、パートナーに何を望むのかということとつながっています。私は、自分も相手も楽しい思いをするのが最高のセックスだと思っています。

そういうセックスを実現するために、まずはセックスが自分にとってどういう意味をもっているのかについて考えてみましょう。

あなたにとって理想のエッチは？

＊あなたは、ベッドのなかでセックスするほうが好き？
＊それとも少し露出症的な傾向があって、公共の場所で隠れてするセックスに興奮する？
＊いろいろ実験してみるのは好き？
＊いろいろ実験できたらいいのに、と思う？
＊男が好き？　女が好き？　それとも両方？
＊安心感を得るためには何が必要？
＊元気になるためには何が必要？
＊いままで経験した最高のセックスは？　経験していないけど最高だと思うセックスは？　そのシナリオを書いてみましょう。
＊いままで経験した最悪のセックスは？　経験していないけど最悪だと思うセックスは？　そのシナリオを書いてみましょう。

これでやっと自分が目指すセックス、避けたいセックスがわかってきたのでは？
いま書いたシナリオのことをあれこれ考える必要はありません。でも、もし一緒にいて居心地が悪いと感じる相手、自分の妄想をはるかに超えるところへ連れて行かれそうな相手に出会ったとき、自分がしたくないことが何なのかを思い出してみるといいでしょう。

絶対にやってはいけないこと。それはAV女優のような演技です。

RULE 11

イケメンにご注意！ あなたを傷つける男の見分け方

健全な恋愛関係は、私たちにエネルギーと栄養を与えてくれるもの。でも、それがうまくいかなくなると取り返しのつかない打撃を受けることもあります。

今回のルールは短いけど、とても重要。ネットデートのなかでもいちばん難しい問題を扱うルールだからです。私がこの本を書こうと思った理由のひとつは、次のような統計を検討することにありました。

「家庭内暴力阻止連合会によると、アメリカ女性の3人に1人が配偶者から肉体的な虐待《ぎゃくたい》を受けています」

「5人に1人がレイプされていて、加害者はたいていの場合、知り合いの男です」

愛はときとして危険なもの。ここでは、あなたが新しい関係に乗り出していくのに先だって、いくつか心に留めておいてもらいたいことを伝えます。虐待する人間、性の獲物を探す人間は、多くの場合、イケメンでカリスマ的で心奪われるようないい男です。

人を傷つける人はなぜ人を傷つけても平気なのか

「虐待する人間に共通する心理学的特性は、ナルシシズム、自己愛です」

こう話すのは、家庭内暴力の専門家で、アメリカで最も歴史の長い虐待阻止プログラムの創立者でもあるデビッド・アダムス。

その特徴はまだあります。たとえばそういう人は「権利意識」が強く、「人間関係を自分の利益のために利用する」傾向があります。でも、最も恐ろしい特徴は「共感の欠如《けつじょ》」かもしれません。他者の感情や要望を認識できない、理解できない傾向があるのです。

共感とは、相手の立場になれる能力のこと。あらゆる人間関係にとって最も大切な要素です。女性にも虐待的な傾向を示す人がいるものの、虐待は圧倒的に女性より男性のほうに多く見られます。

虐待する人間は、ときとして「王子様のようにチャーミング」だったと言われることがあります。当初はとてもロマンチックで、信じられないぐらいの気遣いを見せ、惜しみなく相手を称賛する人間に見えます。恋愛相手がいない人、何か月もセックスから遠ざかっている人、恋人と別れたばかりで落ち込んでいたり、立ち直る途上にある人なら、目の前にそういう男性が現れれば、舞い上がってしまうはず。

プレゼントの怖い「罠」

虐待する人間を見分ける印として、アダムスはこう言っています。

「最初のデートで、大げさなぐらいロマンチックな身ぶり手ぶりをするような相手だったら要注意。そういう人間は、何かと花を贈ったりします」

アダムスは、こういう人間を「罠にかけるタイプ」と呼んでいます。

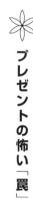

そして、虐待されていた女性から聞いた話をしてくれました。その女性は、相手との関係を説明するなかでこう語ったそうです。

最初のデートのとき、彼女は「携帯が壊れた」という話をしました。すると2回めのデートのとき、彼は新品の携帯をプレゼントしてくれたのだそうです。ふたりは付き合うようになりましたが、その後彼女は、虐待的な恋愛関係の数多い被害者のひとりになってしまったのです。

最初のころ、相手が気前よくいろいろなモノを贈ってくれたりすると、なんて親切なの！　なんて思いやりがあるの！　と感激して、気持ちが相手に傾くものです。でも、ふたりの関係が深まってもいない段階で、そんなに多くのモノが贈られてくるなら警戒すべきでしょう。

早い段階でとても個人的なことを打ち明けたりする相手も要注意。元カノの話をどこまでするか、元カノに対する敬意が感じられるかも、注意して観察したほうがいいでしょう。アダムスはこう言っています。

「相手は元カノのことをけなしていますか？　あるいは『元カノよりキミのほうが間違いなくボクのことをわかってくれる』なんて言っていませんか？」

アダムスによれば、1回め、2回めのデートで「キミとボクの相性はピッタリ」などという話をする相手も警戒したほうがいいとのこと。

「それは偽《いつわ》りの親密さです。女性のなかには、そういうことを言われて『この人は私のことを理解してくれる』『運命の人だ』なんて考えてしまう女性もいますが、1回や2回のデートでそんなことがわかるはずありません」

あれ？　と思ったら問いただしてみる勇気を

逆に自分のことをまったく話さない相手も、明らかな嘘をつく相手も赤信号です。まともに働いてもいないのに会社を経営していると言う。家を持っていると言っていたが、実際には母親の家だった。アダムスは、このふたつの例を「虐待的な行動の予兆」としてよく引き合いに出すそうです。

もうひとつ、「説明不足」という問題もあります。

「たとえば、相手の言っていることをどこか嘘くさいと感じたとします。彼は元カノとは切れていると言っているけれども、実際には関係が続いているのでは？　と思ったりするケースですね。そういうときに大切なのは、『あなたが問いただしたときに彼がどう反応するか』です。『そんなことをきくわけ?』と言うのか、あなたが納得できる説明をしてくれるのか。そこですね」

ルール12でもお話ししますが、そういうときは自分の直感を信じましょう。なんとなく彼が嘘をついているような気がする、何かを隠しているような気がするときは、直感を大切にしたほうがいいのです。

すぐにカラダを求める男も虐待的なおそれあり

もっとわかりやすい要注意サインとしては、相手が最初からセックスを求めることもあげられます。アダムスは、こう語っています。

「虐待的な人間は、まず間違いなく、最初のデートでセックスを求めます」

ただ、この要注意サインはちょっと複雑です。というのも、多くの女性が最初のデートでセックスしていますが、その後、相手がすばらしいパートナーになるケースもあるからです。ただし、相手が虐待的行動を予感させる兆候がある場合は、絶対に注意が必要です。

アダムスの忠告はまだまだ続きます。

「虐待する人間にとって、セックスは相手を所有することを意味しています」

この章は、ちょっと刺激がきついかもしれませんね。

ここで深呼吸しましょう。

あなたが興味を持っている、あるいは現に会っている相手に虐待的傾向の兆候がある場合、アダムスは、ちょっとしたテストをしてみるよう勧めています。

それは、境界線を引いてみて彼がどう反応するかを見るテスト。

たとえば、あなたに別の予定がある夜、彼が会いたいと伝えてきたとします。そんなとき「仕事があって」とか「友だちとご飯を食べることになっていて」とか言ってみるのです。

「そのことで相手が大騒ぎするかどうかがポイントになります。相手は『君が僕のことを思ってくれている以上に僕は君のことを思っているんだけどなあ』なんて言うかもしれません。あるいは、あなたに決断を迫るかもしれません」

そうすると、相手があなたの人生のなかのさまざまな要望を寛容に受け入れてくれる人間なのかどうかがわかります。

受け入れないのなら、絶対に考え直したほうがいいでしょう。

よくわからなければ、自分の気持ちをもう少し観察して、直感を信じましょう。

たとえば、早い段階で、相手との力のバランスに大きな偏りがあると気づいたら、注意深く観察すること。それぐらいなら大丈夫と思うかもしれませんし、そのうちそのバランスを調整したいと思うかもしれません。

たとえば、もし相手が年上でキャリアもあなたよりはるかにあったとしても、対等につきあえるのかどうか。そういう目線も必要です。

対等な関係を築ける相手かチェックするポイント

次のポイントを丁寧《ていねい》にひとつずつ考えてみましょう。

＊その人は、あなたをどういう気分にしてくれる？
＊どちらかというと、相手が先にあなたに熱を上げた？　あなたのほうがひと目惚れだった？
＊最初の情熱はずっと続いている？
＊相手は、最初の週にもうあなたに「愛してる」と言った？
＊相手のために何かできないことがあったとき、彼の反応が気になる？
「腫《は》れものに触わるよう」という言葉が当てはまる？
＊彼の機嫌が気になる？

特に最後の項目が「イエス」なら、その付き合いは考え直したほうがいいかもしれません。

なぜなら、先々たいへんになるだけだと思われるから。付き合いが長くなればなるほど、あなたは彼に振り回されることになります。

もし何か疑いをもったときは、黙っていないで遠慮なく問いただしてみて。女性は、男性にリードしてほしいという気持ちをもっています。でも受け身になってはいけません。自分の疑念にきちんと耳を傾けましょう。

相手は、最初から距離を縮めようとしすぎてない？

うっとうしいことを言ってない？

あなたが友だちと会う、親と会うというと、不満そうにしていない？

さらに相手が厄介な荷物をもっていないか、別れた相手の動向をフェイスブックで探ったりしていないか、といったことをきちんとチェックするようにしましょう。

虐待男を見分けるチェックポイント

今度はさっきのチェックポイントより、さらに踏み込んだ内容です。
＊相手は、ずっと自分のことばかり話していない？
＊別れた相手のことを悪く言っていない？

*自分がどれほどあなたにとって大事な人間かという話ばかりしていない？　自分のことを最優先しなければならないような状況をわざわざつくって、あなたを追い込んだりしていない？

*あなたの友だちについて批判がましいことを言っていない？　友だちと一緒のときも、あなたの気を引こうとしたりしていない？

*あなたの友だちや知り合いに嫉妬するようなことはない？


この質問のどれかに「イエス」がつくようであれば、相手はナルシストの可能性があります。

ジーン・トウェンジ博士が、ミレニアル世代に焦点を絞って、この世代のナルシスト的な傾向について調べた興味深い調査結果があります。

彼女によれば、この世代は何かと「特別扱い」されて育てられた世代。みんなでゲームをして、参加しただけでトロフィーがもらえて、咳ひとつしても飲み物を吹き出してもげっぷしても親から褒められる、そういう世代。

彼女は、その著書『ミー世代』で、幼いころから甘やかされて育った彼らにSNSが追い打ちをかけていると書いています。

「私たちの社会におけるこのところの変化、とりわけSNSとその影響が個人中心の文化を助長している。社会や集団のなかの役割よりも自分自身に焦点を絞る傾向が強くなっているのだ」

自分自身を肯定《こうてい》することは、それはそれでいいことですが、一方でナルシシズムを大幅に助長する危険性もあります。トウェンジによれば、「いちばん大事なのはいつだって自分ということになると、まわりの人々は自分に何かをしてくれるときだけに必要な存在ということになる」のです。

ナルシストは一見チャーミングだけど最悪の相手

ところで、ナルシシズムは恋愛関係にどう影響するのでしょうか？

トウェンジは、最悪の結果を招くと語っています。

「ナルシストは一見チャーミングです。でもやがて、あなたは、あなたのことなど大切に思っていない人間を愛してしまったことに気づくことになります」

ジーンは、他の人を愛する前に自分のことを愛さなければならないといった世の中に蔓延《まんえん》しているメッセージは最悪だとまで言います。

前にお話したように、ナルシストは男に多いのですが、女性にもこのカテゴリーに入る人はおおぜいいます。

「今日、個人の大切さにばかり焦点が当てられ、自分が幸福になるためには他人は必要ないとさえ思われています。誰かを必要とするのは弱い人間、社会にはそういうメッセージがあふれています。でも、人生では必ず壁にぶつかります。そのとき、他の人との関係が必要になる。それが自然なことなのです」

あなたがこの本を読んでいるのは、人間関係を求めているからです。そして、幸福感で満たしてくれる相手を探し、その関係をずっと維持したいと思っています。

それには手間と時間がかかりますが、自分が注いだ努力が報《むく》われれば、得るものは大きいはずです。

PART

4

NY流
自分も相手も
輝かせる
付き合い方

RULE 12

「あれ、この人大丈夫？」と思ったら――見逃していいポイント、手を引くべきポイント

当たり前のことですが、デートには、あなたが不安になるのではなく、一緒にいて気分よくなれる相手、少なくとも自分の性格をもう少し改善したほうがいいかもと思えるような相手を選ぶべきです。本当に当たり前のことですけどね。

そのためにも、自分の直感を信じましょう。

相手はあなたの言うことをちゃんと聞いてくれる？　あなたの感情を尊重してくれる？　ステキな気分にしてくれる？　それとも、あなたの体重のことでイヤなことを言ったりしない？　あなたの話が終わっていないのに、途中で割り込んで自分の話を

したりしない？　ちょっと努力すればうまくやれるという気にさせてくれる？　ルール11でご紹介したような完全なナルシストではなくても、ヘンタイだったという場合もあります。

彼は同性愛嫌い？　人種差別主義者？　私の場合、どちらもリストからはずれますが、あなたはどうでしょうか？　自分にピッタリの相手を見つけるということは、こういう小さなパズルのピースを自分の大きな人生のなかにはめ込んでいくことにほかなりません。

あなたは熱心なカトリックだけど、彼は自称無神論者？　あなたも彼も宗教について、冷静に真面目な話ができる？

相手がイケメンだったりすると、女性は得てして、相手がピント外れなコメントをしようが妙な癖があろうが無視してしまいがちです。でも実は、そういうディティールこそが重要なのです。チャーミング。おもしろい。ベッドの中がすごい。それはそれで大切ですが、だからといってあなたにピッタリとはかぎりません。

あなたを幸福な気分にさせてくれるだけでなく、ピンと来るかどうか。相手のどういう点がそういう気にさせてくれるのか。そこをよく見極めましょう。そういう相手こそが、人生をともにするパートナーです。そのためにはオープンなコミュニケーションができるかどうかが鍵になります。

日常のありがちなちょっとした場面でこそ相性はわかる

たとえば、彼のジョークで気分を害したとしましょう。そのときあなたは、なぜ気分を害したかをきちんと伝えて、気兼ねなく説明することができる？　それとも、そんなことをいったら彼の機嫌を損ねてしまう、と心配になる？

「この人とは長続きするかもしれない」――そんな相手に出会ったときには、相手があなたのことをどういう気分にするのか、注意してみて。

相手について、あなたが気に入ったところも気に入らないところも、全部書き出してみるといいでしょう。

「ヘアスタイルが好きじゃない」とか「コーヒーメーカーを持ってない」ところが気に入らないのであれば、それはなんとかできる範囲。でも、もし「私の信じている宗教をバカにする」とか「酒が入ると怒りっぽくなる。そういうことがよくある」というのなら、考え直したほうがいいでしょう。

先々問題になりそうなことをメモしておけば、パターンが見えてくるはずです。ここで、ルール3でつくったリストを見直しておくのもいいでしょう。

留守がちな男に惹かれるとか、超イケメンなのに頭が悪い男に惹かれるとか、クールな感じに惹かれるとか、マザコンが好きとか、人の好みはさまざま。それは構いませんが、あなたにとってよいパートナーであるために、どういう要素が大事なのかをしっかり考えておくことです。

今度こそ最高の関係を築くために、「絶対にはずせないたったひとつの要素」

でも、絶対にはずせない要素もあります。

それは、「優しさ」と「思いやり」。優しさと思いやりはあらゆる人間関係の土台だからです。しかも、それはあなた自身もつくりだせるのです。

さまざまな研究からも、優しさと思いやりこそが健全で幸福な人生の鍵になるとわかっています。

カリフォルニア大学バークレイ校の研究によると、「優しさ」にもとづく行動では「愛情ホルモン」とも呼ばれるオキシトシンが分泌《ぶんぴつ》され、それによって血圧が低下して心臓全体の健康によい影響がもたらされるのだそうです。

思いやりのある行動をとることの影響についてはエモリー大学でも研究されていて、そういう行動をとると、反対に親切にされたり喜びを感じたりするときと同じ脳の領域が活性化することが明らかになっています。

今回のラブダイエットでいちばん大切で、しかも簡単なルール。それは「優しくて思いやりのある相手を見つけること。そして自分にも優しくすること」です。

あなたの彼は、顔にペイントしてフットボールのスタンドで大声をあげるのが好きだとします。それはそれでいいのですが、その彼は、あなたの話をちゃんと聞いてくれる？　あなたを大切にしてくれる？　年とった女性がいたらドアを開けてあげる？　公園を散歩しているときに犬を見つけたらかわいがる？

「いい人」の価値はどんどん上がっている!

長い目で見れば、性格のいい人を選ぶのが正解です。特に現代は、女性が男性と同じように仕事をする時代。昔は、将来性のある男性を選ぶのが当たり前でした。男は外で稼いで家にお金を運ぶ存在だったので、男のキャリアが重要だったのです。でも、もはやそんな時代ではありません。

いまは対話の時代です。独り言の時代ではありません。自分にこう尋ねてみましょう。

「この人は、私のキャリアの話や野心の話、親になりたいという望みについてもきちんと話し合える相手?」

昔は、女性が働いていても、子供が生まれれば仕事を辞めてしまい、女性の仕事は男性の仕事ほど重要視されませんでした。でもいまは違います。女性は、子供を産んでも産む前と同じように仕事することをあきらめてはいないのです。

そうした時代の変化が、あなたとパートナーの対話、あなたとパートナーとの関係に影響しないはずはありません。

だから、いままでうまくいかなかったことのチェックリストを見直して、未来に向けたチェックリストをつくりましょう。

そして、リストのいちばん上に「優しさ、思いやり」を入れる。その他の項目も、精神的にいい状態になれるかどうかをポイントにしてつくりましょう。表面的なことは無視してかまいません。


マッチングアプリを立ち上げたホイットニー・ウォルフはこう語ります。

「私たち女性は、相手に意地悪されるとつい魅力を感じてしまうよう訓練されてきた。ディズニーのテレビ番組でもそうじゃない？　小さな男の子が小さな女の子に意地悪をするんだけど、男の子は本当はその女の子が好きでたまらないの。その男の子は、夜、家でラブレターを書くのよ」

若い女性が野獣に恋をする、彼女の愛だけが野獣をステキな王子様に変身させることができる、というのもおとぎ話の定番ストーリーです。ウォルフはそうしたストーリーを現代によみがえらせたかったようです。

「『カレっていい人すぎるの』とかいう言葉をよく聞くわよね？　まるで悪いことみたいな言い方。どうしてそうなるのかしら？　いい人すぎる相手と一緒になれればラッキー。きっとステキな生活が待っている」

彼女の言うとおりです。いい人であること、親切な人間であることは、必ずしも退屈な人間であることと同義ではありません。

いい人間は、面白みがないとか、軟弱だとかいうのとは違います。いい人は、好奇心旺盛で何にでも興味を持つものです。相手の女性が知的で能力があるからといってひるんだりしない、そういう人のことです。

いまや、女性たちも男たちと同じぐらい働いています。子育てにも家事にも、もっともっと支援が必要です。だからこそ、優しくて思いやりのある相手が大切になるわけです。

あなたのキャリアも自分のキャリアも同じように大切にしてくれる柔軟な相手が大切なのです。あなたがキャリアウーマンなら、あなたに必要なパートナーは、あなたのことを独立したひとりの人間として見てくれる人。あなたのことを自分の人生の単なる添《そ》えもので自分のキャリアを支えてくれるだけの人と思っているようならNGです。あなたと対等の人生のパイロットでなければいけません。

「対等な関係」か調べなおす方法

もちろん、あなたがパートナーに何を求めるのかを考えるのが大切なように、相手が何を望んでいるのかを自分なりに考えてみることも大切です。

相手は完全にフィフティー・フィフティーの関係を求めているの？　それとも、自分のキャリアはしばらく棚上げにしても、あなたが働いているあいだは子供の面倒をみたいと思っている人？　それとも、あなたにはキャリアをあきらめてもらって、自分は稼ぎ手に徹したいと考えている？

先々ふたりの関係を取り巻く事情が変わったときも、それぞれが成長できるよう柔軟に考えることができる人？　あなた自身は？

関係を長続きさせるために、あなたに必要なものは何？　パートナーにとっては何？

相手はあなたのどういう点をパートナーとして必要な要素だと感じていると思う？

正直になりましょう。

いまの関係は対等でしょうか？　ふたりの間のバランスが崩れていませんか？　相手に深入りする前に、そういったことを調べておいて。

言うまでもないことですが、相手にきちんと会話できる力があるかどうかも、重要なポイントです。

あなたがいまどういう恋愛関係にいるにせよ、そこにはお互いに対する敬意がなければなりません。つまり、あなたが自分の意見や心配なことや考え方を自由に言えるかどうかということ。

もちろん、彼の話をあなたもきちんと聞けなければいけません。相手が考えていることが気にならなくなってしまったら、何か手を打たなければいけないときです。

世の中には50年も続く関係もあれば、長続きしない関係もあります。でも長さはさほど問題ではありません。大切なのは、あなたがどういう気持ちでその関係を続けていくか。つまり、関係の質なのです。

RULE 13

これから先の展開に「タイムライン」を設定する

さて、あなたはそろそろ、自分の弱点や、自分の憧れがわかってきたのではないでしょうか。惹かれるタイプ、避けるべきタイプ、誰のため、何のために努力すればいいのかもわかってきたことでしょう。

そこまできたら、いよいよタイムラインを構築する段階に入ります。

あなたはいくつ？　あなたの望みは何？　それを何歳までに実現したい？

次の誕生日までにボーイフレンドやガールフレンドをつくる。30歳までに結婚相手を見つける。31歳までに最初の子どもをつくる。いま50代、60代で、その先の人生をともにする新しいパートナーを得る……。

あなたの望みが何であれ、まずは自分がいまどこにいて、最終的にどこへ行きたいのかという地図をつくってみましょう。回り道をすることもあるでしょうが、その地図があれば、自分の出発点と目的地点がはっきりとわかるはずです。

子供が欲しいか、一度じっくり考えておく

妊娠しやすい年齢のピークは26歳とされています。社会で働き出したばかりの女性たちなら早すぎると感じるかもしれません。

この本を書く際にインタビューした何人かの女性は、子供がいないのはいままでいちばんつらいことのひとつだと語っていましたが、自分が子供を望んでいないと認めることができ、子供を望まないパートナーを見つけることもできる時代になったのはありがたい、と語る女性もいました。

キャメロン・ディアスが『エスクワイア』誌のインタビューで「母親になることに心惹かれたことはない」と語ったとき、編集部には、あらゆる世代の女性たちから「自分たちの感じていることを人気女優がはっきりと口にしてくれて安心した」という反響が滝のように押し寄せたそうです。

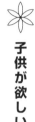

一方、作家のセジン・ケーラーは、『ハフポスト』に、自分が子供をもたないことに決めた8つの理由をリストにして掲載しました。35歳のこの作家は、こう語っています。

「私が愛してやまない創作という仕事と、この記事に書いたすべてのことを認めてくれた、私の敬愛する夫とのあいだで、私は、幸福で、健康的で、いままで味わったことがないほど満ち足りた気分につつまれています」

また、こんなことも語っています。

「女であるためには生身の赤ん坊をカラダから押し出さなければならないなどということはないし、幸福になるためには子供が必要だとも思いません」

『ガーディアン』紙の編集者ポーリー・バーノンは、子供をもたないことについてのすばらしい記事を書いていますが、そのなかで彼女は、7歳のときすでに自分が子供を望んでいないことがわかったと告白しています。

結局のところ彼女は、子供をもたなければならないという社会の思い込みを「退屈」なものだと感じていました。そして彼女もケーラー同様、自分と同じ考え方のパートナーを見つけました。

「彼は、私がいつまでも子供を産まずにいることについて一度も問いただすようなことはしなかったし(……)、それもあって彼に対する愛情は募っていった」

彼女は自分にとっての真実を書いているのでしょうし、私も、女性たちがこうしたことを自由に告白できる時代に生きていることをうれしく思います。


ところで、あなたにとっての真実は、いったい何でしょう?

まずは自分が何を望んでいるのかを知ることです。そして、これからあなたが築く恋愛関係の早い段階で、こうした会話がぜひとも必要であることを肝《きも》に銘《めい》じてください。最初のデートで、とは言いませんが、やがて相手と真剣に話さなければならないときが来るのです。

パートナーに直接はっきりと尋ねることをしないまま、「自分と同じ考えになってくれるに違いない」と勝手に思い込み、結局その相手は子供をもちたいという気持ちも興味も持っていないことが後になってわかった——そうやって絶望のどん底に突き落とされた、という女性たちも数えきれないぐらい知っています。「子供は欲しいけど君との子供は欲しくない」と言われたというひどい例まで……。

いちばん避けるべきなのは「判断の先延ばし」

2002年に、『クリエイティング・ア・ライフ（Creating a Life）』を出版したシルビア・アン・ヒューレットもまた辛《つら》い経験をしています。この本は、年収5万ドルを稼ぐ女性の40パーセントが45歳の時点で子供をもっていないという、それまで知られていなかった意外な事実を明るみに出しました。

女性の受胎能力と女性の職業的野心とは両立しないことを明らかにしたこの著作は、メディアの関心が高かったにも関わらず売れ行きは思わしくありませんでした。女性たちは、「仕事でいかに成功していようと年をとるほど妊娠が難しくなることに変わりはない」という辛い真実に直面したくなかったのかもしれません。ヒューレットには現在5人の子供がいて、いちばん下の子は何年もの不妊治療の末に、彼女が50歳のときに授かった子だそうです。

「調査をしているなかで、女性は社会のなかで成功を収めれば収めるほど、パートナーや子供をもちにくくなっていることがわかったのです。男性の場合はまったく逆で、社会的に成功すると、少なくとも一度は結婚して何人かの子供に恵まれる率が高くなります」

ヒューレットの著作が、女性の受胎能力がいかに弱いものかについて警告を発したことは事実です。アメリカ産科婦人科学会によると、女性の受胎能力は32歳から低下しはじめ、37歳で急速に低下しますが、これは生涯を通じて女性の卵子の数が減っていくパターンと一致しています。女性の卵子の数は初潮を迎える年齢で30〜40万個ですが、30歳までに3万9000〜5万2000個まで減少します。40歳までにはさらに9000〜1万2000個まで減り、しかもそのすべてが生きた細胞であるとはかぎらないのだそうです。

受胎能力の高い20代での妊娠を先延ばしにしてキャリアを優先する女性たちは、受胎能力が低下する30代に妊娠するのは20代より難しくなるという事実を知っておく必要があるかもしれません。ヒューレットは、キャリアの順調な女性、役職に就いた女性の30パーセントが40歳の時点で子供をもっていないという数字を引き合いに出しながらこう語っています。

「私はそれを〝緩慢《かんまん》な非選択〟と呼んでいます。断固として妊娠しないことを選択したのではなく、妊娠することを先延ばしにした結果、妊娠できなくなったということです。〝チャイルドレス（子供がいない）〟という言葉は好きじゃありません。何か欠陥があるかのような言い方だからです。多くの女性は、子どもがいないからといって自分に欠陥があるとは感じていません。でも、男性の場合は、キャリアの成功によって目の前にありとあらゆる魅力的な選択肢が見えてきますが、女性の場合、選択肢はそう多くないのです」

体外受精の最先端

一方で、数十億ドル規模の成長市場となっている出産・妊娠関連産業は、そうした女性たちに「まだまだチャンスはある」とささやきます。

テクノロジーの力を借りれば、土壇場に追い込まれても母親になれる。女性たちはそう信じるようになり、金銭的に余裕のある女性にとっては体外受精が頼みの綱《つな》になりました。たとえ高年齢で不妊治療を始めて成果が上がらなかったとしても、体外受精なら成功する。そんな思い込みが広まりました。

でも、もちろん技術的には可能ではあっても、成功するとはかぎりません。何かと話題にのぼりもてはやされる技術ではあっても、すぐに飛びついていいわけではないのです。

たしかに体外受精は、男女のヒトの皮膚にある「多能的な」幹細胞から卵子や精子をつくりだすという不妊治療分野における最新の技術ですが、倫理上の課題もありますし、不妊の解決策となるまでにはまだまだ長い道のりが残されています。

人工的な手段を経ずに妊娠するためにネックになるのは年齢ですが、生殖補助医療教会によれば、体外受精の成否を最も左右する要因もまた、年齢だということです。32歳以下の女性が体外受精によって出産に至った例は40パーセント以下で、40歳では、成功率が半減して20パーセント以下。私の知り合いで30代後半の女性は、これまで5回の体外受精を試し、合計25万ドルを投資しましたが、いまだに結果は出ていません。身体面でも精神面でも、また家計面でも、かなりの負担です。

一方でこの方法で多くの子供たちが生をうけていることも事実です。私の旧友のひとりは、40代後半に体外受精を試みて何度も流産しましたが、51歳にして初めての子供を授かることができました。彼女はあるクリニックに受精卵を保存していましたが、そのクリニックから年内に建物を取り壊すという知らせが来ていました。

何度も流産したせいで不妊治療から距離をおいていた彼女でしたが、失うものは何もないのだからと思い直し、最後にそのクリニックに保管していた受精卵で体外受精を試してみることに。9か月後、丸々と育った健康な女の赤ちゃんを出産することができたのです。私たちはその赤ちゃんを「奇跡の子」と呼んでいます。

でも、この科学技術はまだ始まったばかりで、クリニックのパンフレットにどれほどいいことが書かれていようと、統計上成功率が高くないことだけは頭に入れておいたほうがいいでしょう。

「私は何を求めているのか」と自分に質問してみてください。「あなたは子供がほしい？」という質問への答えは、相手との関係に大きな影響力を及ぼします。

まずはあなた自身がどう考えるのか、どちらでもいいと思っているのかをはっきりさせましょう。そうすれば、あとになって「こんなはずじゃなかった」とならずにすむはずです。

子供についての質問

ノートを出して、このテーマのページをつくり、以下の質問に答えてください。

＊あなたには子供がいる？
＊いないなら、子供が欲しい？
＊欲しいなら、いつまでに？
＊あなたの家族に出産にまつわるエピソードが何かある？
＊どういう手段で子供をもちたい？

そんな質問をする理由は、今日、母親になるにはさまざまな手段があるからです。
ヒューレットが「緩慢な非選択」と呼ぶ、年齢が上がることにともなう不妊もさまざまな選択肢によって変わりつつあります。

今日では、養子縁組をはじめ、代理出産や精子バンクもあります。子供をもちたいと考えている友だちと一緒に子供を育てるという方法だって考えられるかもしれません。そういう選択肢もあることを知っておけば、愛を求めるあなたの旅から心配ごとがひとつなくなるのではないでしょうか。エステル・ペレルはこう語っています。

「その子と血のつながっていない人と一緒に子育てをしている人は全人口の50パーセントに達しています。友だちを選んで、その人と一緒に子供を育てるという方法だって可能なのです」

「父親」「母親」ではなく「親」へ

30年前、ほとんどの女性にとっては家計を支えてくれる相手と結婚するという選択肢しかありませんでした。いまは必ずしもそんなことはありませんが、誰かに手伝ってもらって子育てをするという方法もあるのです。

そういう問題にしっかり向き合える人であっても、社会に出たばかりの現代の女性たちにとって、家族をいつもてばいいのかというのは、いちばん複雑な問題かもしれません。職場環境にしても、特に大企業の場合は、働く母親たちを支援する体制が充分ではないのが普通です。

私は、父親とか母親とかではなく「親」という言葉を使いたいと思います。徐々にですが、男女のジェンダーに関係なく親になれる時代だからです。でもさしあたって、子育てはやはり女性の役割のままです。

エリザベス・グレゴリーはその著書『レディー（Ready）』で、養子縁組にせよ出産にせよ、35歳以上で子供をもった女性100人以上にインタビューして、こう語っています。

「人生の後半で子供をもつことは、いまや新しいことではありません。新しいのは、初めての子供をもつ年齢がどんどん遅くなっていることです」

彼女自身、39歳で最初の子を出産し、47歳で養子としてふたりめの子供をもちました。彼女がこの本を書いたのは、子供をもつなら20代のうちにとせき立てる世の中の風潮に反論したかったからです。彼女はこう言います。

「世の中、子供は早いうちに産んでおかないとあとで後悔するとか、そんな話ばっかり。まるで、女性の進化を邪魔しているみたい」

一方、親になる年齢が遅くなっているのは、避妊技術が進歩し、教育や職場環境が向上したことに対する女性からの答えとも言えます。加えて、女性の社会進出とともに公衆衛生も改善され、出産時の赤ちゃんの生存率も上がり、平均寿命も延びました。


でも、女性たちは、こうした変化に適応するようになったのに、女性への社会的支援はいまだに男性中心時代のまま。グレゴリーはこう語っています。

「今日の女性たちは、質のよい子育てができる経済的余裕ができるまで妊娠を先延ばししています。最初の5年間、子供を預ける場所がない。その後は、早い時間に子供たちが学校から帰ってくる。夏は学校が休みになる。社会のシステムは、女性たちが苦労するようにできているんです」

こうした理由から、グレゴリーは、女性たちへ20代のうちに子供を産むよう勧める風潮に対して警鐘を鳴らし、女性たちが心から母親になりたいと思える社会にしなければならないと言います。

グレゴリーの調査からはこんなこともわかりました。

高齢の母親たちは、「この年齢で母親になるなんて思ってもみなかった。もっとたくさん子供がいるはずだったのに」と思う一方、「いまの年齢のほうが結婚生活も安定しているし、自信もあるし、家計も安定している。子供たちにはそれが直接、ポジティブな影響をもたらしている」と考えているそうです。

そもそも仕事とのバランスをとる、なんて考えようとしない

実は私自身も子供をもつ準備ができるまで待ちました。

私ができる最善の策は経済的に安定することだと思ったのと、子供を産んで落ち着く前に、もっと世の中を見て後悔しないようにしたいと思ったからです。最初の息子を産んだのは36歳で、二番めを産んだのは39歳のときでした。もし時間を巻き戻せるとすれば、もっと若い年齢で妊娠して、3人、いや4人は産もうと思ったかもしれません。

36歳で初めて子供をもったときは、人間がこれほど疲れることがあるのかと思うほ

ど疲れました。あまりに疲れすぎて、寝室に行くつもりだったのに、手前でガクンと力尽き、そのままフローリングのうえで眠ってしまったこともあります。

同時に、人間はこれほどの愛情を感じられるものかと思うほど愛情を感じ、これほど心配できるものかと思うほど心配しました。何よりも、親になるというのはこんなにも楽しく心躍るものなのかと思いました。それは言葉にできないからこそ、人は親になることのいいところを口にしないのでしょう。息子たちの父親が、ある夜こんなことを言いました。

「子供をもつことは、黒と白の世界で暮らしていたそれまでの人生から突然、色あざやかな世界に移ったようなものだ」

それは、彼がいままで口にしたなかでいちばんロマンチックな言葉でした。

その後何年ものあいだ、私たちは責任を分担しながら子育てをしてきました。出張がある、締め切りがある、今月は自分のほうが稼いだ、そういうお互いの事情に合わせてバトンを渡し合いました。若い女性たちから何度質問されたかわかりません。

「仕事をもちながら母親の務めも果たす、そのバランスをどうとっていますか?」

私はいつもこう答えます。

「バランスなどとっていません。バランスをとる、というのがどういう感覚なのかもわかりません。すべてはカオスなので線引きは難しいんです。カオスは受け入れるしかありません」

ですから、もしあなたが子供を望むのであれば、年齢がいくつでも、婦人科医と率直に話し合ってみてください。

車で長い旅行に出るときは、車をチェックしますよね。タイヤの空気を足したり、ブレーキパッドが減っていないかを点検したり、オイルを交換したりするはずです。同じように、自分のカラダも事前点検してください。親になるための道のりは曲がりくねっているものですし、お金もかかるからです。しっかり準備しましょう。

＊子供を望まないという人は

これは、未来のパートナーとしっかり話し合うべきテーマだということをしっかり認識してください。こと子供をもつかもたないかについては、自分も相手も同じ考えであるかどうか、健全で充実感の得られる関係を築けるかどうかの鍵になります。相手が後悔するようなことがあっても、あなたが責任をとることはできないのです。

＊どちらなのかわからない人は

もっと年齢が行ってから母親になりたいというのなら、自分で調べ、たくさんの選択肢があることを確認しましょう。

＊子供を望んでいる人は

どのような選択肢があるのかを調べてみましょう。

母親や姉妹、おばさんなどの話を聞いて、妊娠したときの様子、流産の経験などについて尋ねてみましょう。遺伝的な問題があるかどうかなど、妊娠に関するその他のテーマも調べてみてください。

受胎能力検査が受けられるかどうか、婦人科医に相談してみるのもいいですね。

芸術家で著述家のターニャ・セルバラトナムはこう語っています。

「30代女性が40代女性より卵子の数が少ないこともある。専門家であってもそれがなぜなのかは説明できない。女性はそれぞれ違うから。だから、一人ひとりが、かかりつけの婦人科医で自分に合わせた答えや情報を得る必要があると思う」

過去に妊娠したことがあるから将来も妊娠するだろうと考えている女性には、妊娠できるかどうかの可能性は何よりも年齢に左右されることを知っていただきたいと思います。


女性は子供を産むべきかという問いは、人間に残された最後のタブーなのかもしれません。正直なところ、私はこの問題にまつわるタブーが多すぎることにうんざりしています。いまこそ、そういうタブーを取り払って、親になるためのさまざまな可能性について、あるいは親になりたくないという気持ちについて、なんら恥じることなくオープンに語るべきときだと思います。セルバラトナムは言います。

「私の本に対する最高のリアクション。それは、若い女性たちが『やっと、パートナーとこのことについて話し合うことができました』という声なの。みんな、どう話し合えばいいのかわからずにいるのよ」

RULE 14

恋愛関係の「お手本」を身近な人からこっそり真似する

ある夜、私と夫は、何組かのカップルと一緒に夕食に出かけました。そのとき、一組が口論を始めました。

喧嘩《けんか》がどんどんエスカレートしていくかに見えたそのとき、男性のほうが相手に突然「クルマの中！」と言いました。すると、ふたりとも静かになったのです。

「『クルマの中』って何？　どういう意味？」

あとで夫がその男性に尋ねてみると、

「文句はクルマの中で、という意味だよ」とその男性。

「言い合いなら、あとでクルマの中でやればいい。でも人前ではやめよう。彼女とそういうルールをつくっていたんだ」

私たちも、そのルールを採用した次第です。

人前で言い合いになったりすると、何ごともなかったかのように元どおりの状態に戻るのは難しいもの。まわりの人たちがなんとも気まずい思いをすることになります。

そうしたルールも含めて、カップルがうまくやっていくために書かれた本というのは、あまり見かけません。理由は簡単。売れないからです。

一方、カップルのいさかいやどろどろのドラマを描いた本は売れます。だからこそセレブのゴシップ雑誌は、うまくいっていなさそうな夫婦を執拗《しつよう》に追いかけて記事にするわけです。

小説も幸せな結婚生活を題材にするものはあまりありません。緊張感がないからでしょうか。トルストイはいみじくもこう言っています。

「幸福な家庭はどれも似ている。不幸な家庭は不幸のあり方がそれぞれ違う」

つまり、幸福な家庭には特に興味を引くものがない一方、不幸な家庭は物語にしやすいということです。でも、これは芸術家の見解としては正しくても、お手本にしたい家庭を求める私たちには参考になりません。

採用面接でも「あなたが目標にしている人は誰ですか?」という質問は定番。でもデートの場合、その質問に答えられる人はいないでしょう。あなたのデートがうまくいったとしても、この後、ああいう関係になりたいというお手本は見当たらないですよね？

投資家がライバルの取引を研究し、弁護士が過去の判例を調べつくすのと同じように、自分が目標とするカップルがいて、そこから学べればためになります。

両親の仲がよくなくて、互いに敬意を抱き合う関係ではなく、子供も大切にしない――という環境で育った人の場合はなおのこと、お手本になるカップルの存在が参考になるはずです。

テレビや映画より、身近な実例を

お手本になるカップルを見つけましょう。

テレビや映画では、脚本家がハッピーエンドを用意しているものですが、現実の世界ではどうなるかはわかりません。

見るからにお互いに支え合っているカップルを探しましょう。お互いにいつも相手を笑わせ、相手が何かうまくいったときには称賛し、「その話、10回は聞いた」と思っても、にこやかに耳を傾ける。そんなカップルです。

いくつもの嵐を乗り越えてきた年長のカップルからは役に立つアドバイスが泉のようにわき出てくるかもしれません。

若いころに経験した危機から時間も経ち、いくつものハードルを乗り越えてきた秘訣を教えてくれるでしょう。年月を重ねてきたカップルは、自分たち以外のカップルにも長続きしてほしいと願っているものです。50年も結婚生活を続けたカップルは、長続きしてきたことを誇りに思っているのです。

テニスプレーヤーが優れた選手とプレーすることで自分の腕を磨くように、順調な関係を続けているカップルと付き合っていれば、そのカップルがあなたの鏡になってくれて、どう行動すべきかを教えてくれるはず。

＊あなたがすべきこと

日誌を取り出して、あなたが称賛できるカップルのリストをつくりましょう。そして、こう自分に問いかけます。

「私はステキな関係のお手本がいる環境で育ってきたか?」

あなたの両親が健在で幸福に暮らしているのであれば、いいスタートが切れるはずです。両親がお互いどういう態度で接しているのか、お互いにどういう気づかいをしているのかをよく見て、長年、どのように困難を乗り越えてきたのかを教えてもらいましょう。

両親は健在だけどどう考えてもお手本になりそうもないなら、友だちの両親でもいいのです。

子供のころによく遊びにいっていた友だちの家庭を思い出してみてください。親戚はどうでしょう? おばさんやいとこは? ひょっとすると、あなたのきょうだいも理想的なカップル関係を築いているかもしれません。話を聞いてみて。

「たとえば、こんなときはどうしてる?」というように、架空の例を出してどう解決するかをきいてみるという手もあります。

一緒に映画に行くかわりに夕食でもともにして、セックスライフを長続きさせるために実行しているルールをきいてみるのもいいでしょう。

いい関係を続けている人たちは、自分たちの成功の秘訣を人にも教えてあげたいと思っているもの。試練を乗り越えたステキなエピソードをいくつももっているはず。

心からいい関係だなあと思えるようなカップルに出会ったら、ふたりがそんなにも密な関係を保っている秘訣はなんなのか、お互いのことをどこまで許しているのかを尋ねてみるのもいいでしょう。

あのうざい質問をされたときは……

友人が飛行機に乗ったときのこと。あるカップルの隣の席になりました。ふたりで旅行しているらしいその様子を見ているうちに、彼女は自分の結婚生活がいかにみじめなものかを実感したそうです。その彼女はいま、そのときよりはるかに幸福な夫婦関係を築いています。

ビジネスパーソンたちは、自分にインスピレーションを与えてくれる伝説的な企業経営者やアメリカ史上に残る偉大な事業家のことを熱っぽく語ります。では恋愛関係で、そういうお手本はいるのでしょうか？

里帰りしたときにおじさんやおばさんから「誰か特別な人はできた？」なんて尋ねられて、うんざり？　でも、そんなときこそチャンスです。話題を変えたりしないで、そのおじさんとおばさんに、ふたりがお互いのどこに惹かれたのかとか、どういう経緯で結婚したのかを尋ねてみて。

大病をしたとか破産したとか、ふたりに辛い時期があったことを知っているのなら、逆境をどう乗り越えたのかを尋ねてみましょう。離婚した親戚がいるのなら、別れる決断をどう下したのか、きいてみましょう。

私が言いたいのは、たいていの人は自分の経験にもとづいた人間関係についての知恵をもっているということです。必ずしもアドバイスどおりにする必要はありませんが、自分以外の人の視点というのは役に立つものなのです。特に、すったもんだありながらも別れることなく続いてきたカップルの話は必ず役に立ちます。

お手本に聞くべき3つのこと

お手本になりそうなカップルのリストができたら、次の質問に答えてみてください。

＊そのカップルのどういうところが参考になる？
＊そのカップルは、お互いどう相手に接している？
＊どういうところを自分の恋愛関係に取り入れてみたい？

あとは、楽しみながら「インタビュー」してみてください。最後には「参考にさせていただいて、自分の宿題にします」と言いましょう。そうすれば、相手も自分たちが選ばれたことに悪い気はしないはず。

「うまくやる秘訣は？」をはじめ、質問したいことは全部質問しましょう。「クルマの中！」のようなルールがあるかもしれません。

「細かいことにいちいち目くじらを立てない」がルールのカップルもいるでしょうし、「いつもうまくいくとはかぎらない」という話をしてくれるカップルもいるでしょう。

とにかく彼らの話に耳を傾け、質問して、全部メモしましょう。

私たちには後ろ盾《だて》が必要です。そして、頼りになる人たちは案外身近にいるものなのです。

RULE 15 人生を貪欲に楽しみつくす

「我ら愛し合うべし。さもなくば死あるのみ」

詩人のW・H・ホイットマンの言葉です。私たちを追い立てるかのようなこの一行は、高校時代からずっと私の胸に刻み込まれています。

私はまた、失った恋の辛さを歌った、ラスカル・フラッツのこんな一節が好きです。

「やり直せるなら一瞬一瞬を大切にしたい。いま、僕のページは白紙のまま」

もうひとつ私が好きなのが、ヘレン・フィッシャーの「スローラブ」という考え方。

「スローフード」運動は、地元で育てられて旬《しゅん》に合わせて食べるのが最良の食物であるという考えですが、同じように、人間的で健全なプロセスによって築く恋愛関係が

「スローラブ」です。そのプロセスには、「快楽」「ロマンス」「愛着」という3つの柱があります。

最初のふたつは、順番はどちらでもかまいません。つまり、相手とセックスする前に恋に落ちることもあれば、セックスが最初でそのあと恋に落ちることもあります。一方、3つめの「愛着」は、永続的な恋愛関係を築くために必要な段階です。時間がかかり、急ごうとしてもスピードアップできるものではありません。

自分にも相手にも完璧を求めすぎない

こと恋愛に関するかぎり、あなたにも相手にも「完璧」などというものはありません。自分が不完全であることを受け入れ、あるがままの自分を愛してくれる相手を見つけるしかないのです。

デートを始める前から「この人は生涯一緒にいる相手ではないかもしれない」と考えるほうがいいでしょう。人は変わるものですし、あなたもまた変わるかもしれないからです。

本書にも何回かご登場いただいた世界的な恋愛カウンセラーの権威、エステル・ペレルは、こう語っています。

「かつては、結婚して、その夜に初めて相手とセックスするのが普通で、それ以降はほかの人とセックスすることはありませんでした。人生を賭けて結婚したり相手を選んだりしていたわけで、他の選択肢はありませんでした。ところがいまでは、そういうことすべてを60歳から始めることもできます。さまざまな選択肢がある状況は、これまでにはなかったことです。一夫一婦制は、かつてなら生涯を通じてひとりの相手という意味でしたが、今日では〝そのときそのときはひとりの相手〟に変わってきています」

ピュー研究所によると、アメリカの婚姻率は下降していて、25歳以上で未婚の人は、1960年では10人に1人でしたが、2012年には5人に1人になっているそうです。

一方、ある調査によると、パートナーを探している人のほとんどが「一生をともに過ごせる相手を見つけたい」と答えているということですが、私からするとそういう思いは現実的とは言えません。いま仮に納得できる相手が見つかったからといって、人生の次のステージでも変わることなく納得できる相手でありつづけるかどうかはわからないから。

ペレルは分析します。

「私たち女性は、ありとあらゆることを次々に望むようになっています。ネット社会に生きながら、伝統的な人間関係からもあらゆるものを手にすることを望んでいます。友情、経済的支援、家庭生活、子供、遺産などなどです。その最たる例がパートナーに求めるものでしょう。私たちはパートナーに、友だちであること、信頼して心を打ち明けられる人であること、情熱的な恋人であること、知的レベルが同等であること、しかも最高の親であることまで求めているのです」

100年時代に考えるべきこと

100年前に比べて私たちの寿命は2倍になり、その分、相手にのしかかるプレッシャーも大きくなっています。

「今日、私たちは、昔だったら村全体がはたしていたような役割のすべてを、理想的な恋の相手に求めています。しかも、結婚すれば、自分を幸福にしてくれ、すべてのものが手に入るという思い込みが蔓延しています。でも、結婚というのは必ずしも幸福の源ではないはずです」

幸福になるかならないかは、あくまであなた次第。思いどおりの人生になるかどうかもあなた次第です。

シルビア・アン・ヒューレットは、成功を収めた女性たちを対象に「女性たちが求める5つのこと」という調査を実施しましたが、そこでわかったのは、女性たちが、結婚や子供をもつこと以上に、「ワクワクするような人生」を求めていることでした。ヒューレットは、それを「花開くこと」と読んでいます。結婚して子供をもつための相手を見つけるにせよ、人生をともにする相手を見つけるにせよ、花開く人生を望まない人はいないでしょう。

あなたを幸福にするものは何?

それがヨガでもタンゴでも、知らない世界なら試してみましょう。地元のダーツバー、ボルダリング、ロシア文学、なんでもかまいません。愛を探すかたわら、やりたいことはなんでもやってみましょう。大事なのは、漫然と探すのではなく意識的に探すこと。何かが起こるかもしれないと期待することが大切です。

本気にさせようと頑張りすぎるより、次、次！

私が『コスモポリタン』にいたころ、ハウツーに関する質問で、昇給やオーガズムと並んで多かったのが、「どうすれば彼を本気にさせられるでしょう？」という質問でした。付き合っていても、相手が「愛してる」と言ってくれないという不満をもつ女性は多いのです。

相手が自分の魅力をわかってくれず、そのことをわざわざ伝えなければならないとすればがっかりですが、そうした会話をするのが怖いとしたら、それは対等な関係ではないということです。

明らかに対等ではないなら、勇気をもって別れること。フィッシャーはこう語っています。

「かつて、結婚は相手との関係の始まりでしたが、いまはフィナーレになっています。

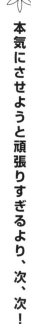

その結果、本気で相手と関わる前に試す時間をたくさんもてるようになりました。どんどん試せばいいと思います。3か月経ってもうまくいかなかったら、もう試す必要はありません。その時点では別れるのも難しいことではないはずです」

つまり、こういうことです。

あなたはいま、ひとつの取引をまとめようとしているところ。でも、クライアントは契約書への署名を拒《こば》んでいて、あなたの電話にも返事がありません。あなたは、いったいどうなってるの？　と思うことでしょう。

でも、相手から返事がないのはなぜかを理解し、おそらく相手は興味をなくしたか土壇場で怖《お》じ気づいたのかもしれないなどと考えるはずです。すると、あなたは別の新しいビジネスの準備に取りかかるはずです。

同じように、デート相手からメッセージか電話が来ていいはずなのに来ないというときには、悪いことは言いません、黙ってその事実を受け入れましょう。

たしかに自分の投げたボールが相手から返ってこなければ、いらいらしたりがっかりしたり、屈辱的な気分になるでしょう。でも、こちらがしたことにきちんとした反応がない相手に過度の投資はしないことです。

『コスモポリタン』恋愛記事担当者の使える「ルール」

『コスモポリタン』誌で恋愛関係の記事を担当していたマシュー・ハッシーは、とても優れたルールをつくっています。

それは「相手に投資するのは、相手が投資してくれた分だけにしよう」。

その相手にこだわるのではなく、とにかくあなたのラブライフを前に進めることに気持ちを切り替えましょう。

あなたと相手は平等なはずです。その点では、マッチングアプリは好都合です。ほかの誰かを探せばいいだけなのですから。脈がありそうだった相手から反応がなくても、細かいことは気にせずに先へ進みましょう。

遠いところにいる相手、カフェの列で目の前に並んでいる相手に声をかけるのは勇気のいることです。スマホをオフにするのが不安なら、いっそ、スマホを自己紹介ツールにしてみては?

でも、あくまで現実の相手に自己紹介するシナリオで使うことを忘れずに。

たとえば、自分の後ろに並んでいる男性に、何か適当なスマホのニュース画面にかこつけて話しかけてみるとか、あるいは「ここのW-iF-iパスワード、知ってます?」と尋ねてみるとか、とにかくなんとか口実をつくって相手の目を見て話すリアルなコミュニケーションをとることです。また、カフェであれ、タクシーの列であれ、彼とあなたのあいだに誰かが入り込まないよう注意してください。

誰もがスマホばかり見ている今日、こうした何気ないやりとりは消滅しつつあります。

そのぶん、出会いのきっかけも少なくなっています。それに、ちょっと小手調べしながら会話の糸口を見つけるという、どんな関係の始まりにも不可欠な行動にさえためらってしまう人が増えています。とにかく、そういうことに慣れましょう。

そういうリアルな出会いのもうひとついいところは、その場ですぐに、相手が追いかける価値のある人間かどうかがわかること。

ネットデートでの相手探しでは、そうは行きません。250回メッセージのやりとりをして、コーヒーデートをして、ようやくこれはダメだとわかるとか。でも、たとえばクルマのガソリンを入れながら相手と向き合って立っているとか、犬の散歩のときにいつもすれ違うといったシチュエーションなら、すぐにわかります。相手の声の調子だけで、時間をかける価値があるかどうかがわかります。

ありえないおバカだと思っても……

未来のパートナーはこうあるべき、こういうのはダメ、というルールのなかに閉じこもっていてはいけません。

私の友だちは、ある朝、新しいボーイフレンドが残していったポストイットの伝言に腹を立てました。そこには「絶対、また会おうね」と書いてあったのです。でも、腹が立ったのは、そのなかの単語のスペルが間違っていたことでした。

「私、一応プリンストン出なんですけど。名門大学を出てこんなスペルミスをする人間とつきあうなんて無理！」

彼女はそう叫んでいました。

でも、彼のことが好きだったので我慢しました。そして、食べ物の好みとか、料理好きだとか、共通点が多いこともあらためて実感しました。それから20年後のいま、ふたりは3人の子供の親として仲良くやっています。

そう、妙な偏見は脇へ置くのです。そうすれば、そんなものがあるとは知らなかった、と思うほどの幸福な世界が開けてくるかもしれないのです。

驚きの未来に備えましょう。

私は、一緒に働く人たちにふたつの要求しかしません。時間に遅れないことと、楽しむこと。このふたつです。あなたも、最初のデートにこのルールをあてはめてみてください。


デートをめぐって、ずいぶん難しいことを書いてきた？

でも、デートは必ずしも難しいものではありません。

すべては考え方次第。私はヒューレットの言った「花を開かせること」という言葉が好きです。あらゆる問題を解決してくれる人を見つけ出さなければならないというプレッシャーを取り除いてくれる言葉だからです。

あなたが白馬の王子様を待っているお姫様だとしたら、まずは自分から馬に乗って。馬に乗れるようになったら、最初はゆっくりと、次はもう少し速く、その次はもっと速く、あなたと並んで進んでくれる相手を見つけましょう。

結婚式が終わってから始まるのが結婚

ウェディング業界も、女性たちに「ただひとりの理想の人」を見つけなければならないというプレッシャーをかけてきます。結婚式は、肝心のふたりを祝福することよりもパーティーのほうに重点が置かれ、何十ドル、何百ドル、何千ドルという費用がかかるものになっています。

女性は、ウェディングプランナーとの打ち合せに多くの時間を取られ、どんなタイプのカナッペを選ぶかとか、どんなワインにするか、どんな花にするかといったことばかり考えています。ハネムーンが終わり、プレゼントも全部開き、礼状を送り終えたあとに起こることに備えて、カップルカウンセラーとか宗教的リーダーの話に耳を傾けることなど考えもしません。

でも、結婚式が終わってから始まるのが、結婚というもの。パートナーとしての関係は、そこから始まるのです。

この本では、ステキな関係がもたらしてくれるさまざまな幸福についてはあまりお話しできませんでしたが、愛の力でしっかり結ばれた関係のなかで、求められ、尊重され、癒《いや》され、安らいでいる感覚が、心の幸福にもカラダの健康にも不可欠であることを証明する研究調査が次々と発表されています。

たとえばハーバード大学は、１９３０年代に19歳だった２９３人の男性がその後どうなったかを追跡調査する研究をずっと続けています。現在この研究を指揮するロバート・ウォルディンガーは、「精神的葛藤《かっとう》の少ない夫婦関係」にある男性は幸福な結婚生活を送り、寿命も長いと報告しています。

７００万人が試聴した『ＴＥＤトーク』で、ウォルディンガーは、葛藤の多い結婚生活は健康面でも悪影響があって、「おそらく離婚より影響はひどい」と語りました。一方、「良好であたたかな夫婦関係は健康にもよい影響をもたらす」のです。

忘れないでいただきたいのですが、パートナーを見つけたり、子供をもちたいと願うのは、決して古くさいことではありません。

9・11同時多発テロ事件の恐ろしい衝撃がいつまでも続くなかで、私はある記事に目を留めました。それはイギリスの小説家、イアン・マクイワンが『ガーディアン』誌に寄せた記事で、泣きじゃくる妻からの電話に出られなかった夫についての物語でした。

炎が渦巻《うずま》き、逃げ場のないタワーで彼女が家の留守番電話に遺した最後の伝言は、ニュースでも何度も繰り返し流されました。

それは、さよならを告げるメッセージでした。

「彼女にはもうたったひとつのメッセージしかなかった。それは、出来の悪いアートや、最低のポップソングや映画、誘惑的な嘘などでさんざん貶《おとし》められてきた言葉だ。彼女は、電話の回線が途切れるまで、何度も何度もその言葉を繰り返していた」

「愛してる」

「愛してる」

「愛してる」

「愛してる」

「愛してる」


愛は人生の糧《かて》。

私たちは愛を切望し、愛に依存しています。いろいろな意味で、愛こそが最後に残る大切なものなのかもしれません。自分が愛し、愛を返してくれる人を、私たちは賢明に上手に選択しなければならないのです。

私の最後のルールは、いたってシンプルです。

人生はご馳走。大いに楽しみましょう。ゆったりくつろいで、あなたのことを特別な存在だと思ってくれる人、愛を返してくれる人を愛する。

あなたには愛される価値があるのだから。

訳者あとがき

あなたはいま、どんな恋愛をしているのだろう？　カレはいるけど〝運命の人〟とか〝生涯の伴侶〟とは思えない？　ここ何年もちっともいい人に出会ってない？　あんなに情熱的な恋で結ばれたはずの夫と離婚、あるいはカレと別れる羽目になり、当分は恋愛なんてこりごり？

本書を手にとってくれたからには、パートナーがいる人もいない人も、恋愛に対して何か悩みを抱えていたり、漠然とした不安を感じて臆病になっていたりするのでは？　いまやネットやＳＮＳで誰とでも簡単につながれる時代。まわりを見れば、友人たちは〝リア充〟ぶりをＳＮＳでアピールしたり、マッチングアプリで何人もと同時につきあっていたり、本命の相手とセフレをうまく使い分けていたり……。私にはとてもそんなのムリ！　と思っている人も多いはずだ。

本書は、そんなあなたのために「デジタル時代に本当の愛を見つける」方法を教えてくれる。

著者のジョアンナ・コールズはイギリス生まれ。『ガーディアン』紙や『ザ・タイムズ』紙のニューヨーク特派員を経て、『コスモポリタン』『マリークレール』といった女性誌の編集長として活躍するとともに、テレビ番組の制作も手がけている。

２０１７年には、コールズの半生を描いたテレビドラマ『NYガールズ・ダイアリー 大胆不敵な私たち』がアメリカで放映され、「ミレニアル世代の『セックス・アンド・ザ・シティ』」として欧米女性のあいだで大人気となった。コールズ自身が制作総指揮も担当するこのドラマは、日本にも上陸し、２０１９年4月現在、シーズン2まで配信されている。

そう、コールズはまさしくこの時代を颯爽《さっそう》と生きている女性の代表といえる。そんな著者が、女性誌の読者や友人たちの声を集め、さらに同僚編集者、マッチングアプリを立ち上げた人たちに取材したり、心理学者、社会科学者、宗教家、医師などの言葉を引用したりして、恋愛のとっておきの秘訣を15のルールに分けて紹介しているのが本書である。

原書〝Love Rules〟の裏表紙には、『セックス・アンド・ザ・シティ』で主人公のキャリーを演じたサラ・ジェシカ・パーカー、リベラル系ニュースサイト『ハフィントン・ポスト』創設者のアリアナ・ハフィントン、コメディアンで俳優でもあるイギリス人のジョン・オリヴァーといった著名人の推薦文が並んでいる。アメリカやイギリスのアマゾンサイトのレビューでも3分の2が5つ星。「この時代に不可欠な恋愛の実践ガイド！」という声が多い。

パート1は恋愛準備編。まずは、自分自身について知るための恋愛日誌をつけることから始めるべしと著者はいう。自分がいまどんな恋愛、どんな相手を望んでいるのか、これまではどうだったかを書きつづるのだ。

ひとくちに恋愛といっても、セックスを最重視する人もいれば、相手と会話を楽しみたい、同じ趣味をもちたい、さらにはパートナーといっしょに住みたい、結婚したい、将来子どもが欲しい、子どもは欲しくない……と何を求めるかは人さまざま。何がかなえられれば自分は幸せだと感じられるのかを知るのが恋愛の第一歩。それがわかれば、これまで両親や友人の言葉に傷ついたり、まわりが気になってしかたなかったりしたあなたも、わが道をいけばいいのだと自信をもてるだろう。

パート2では、どうしたら自分が望む相手と出会い、いい恋愛につなげられるか――いよいよデート開始の実践編となる。

ところで、いまや異性（ときには同性）との出会い方やつきあい方は数十年前と比べても大きく変わってきている。その変化の中心にあるのがマッチングアプリ。年齢、身長、職業、年収、趣味などの条件から好みの相手と出会えるマッチングアプリは、アメリカのみならず日本でもここ数年で急増し、有名なアプリには常時10万人以上が登録しているという。利用者は若者とはかぎらず、中高年向きのアプリもあるようだ。軽い出会いを求めて使う人も多いだろうが、一方で真剣な恋活や婚活ツールにもなっている。現代の恋愛事情は、マッチングアプリを抜きには語れない。

本書では、マッチングアプリを使うコツをステップを追って解説する。

「真剣に出会いたいなら数をこなすことが大事。会う相手が多いほど一緒にいたいと思える相手が見つかる確率が高くなる」

「ネットでつながったら1、2週間以内に相手に会うべし。その期間に会わなかったら、もともと脈がなかったということ」

「初めて会うときには、相手に好印象を与えるにはどうすればいいかなんて考える必要はない。自分がその相手を好きになれるかどうかを知るために会っているのであって、相手を〝落とす〟ために会っているのではない」（以上、ルール5より）。

こんなふうに具体的なアドバイスが満載だ。いままでマッチングアプリに対して尻込みしていた人も、これなら使ってみようかなと思うかもしれない。

一方で、マッチングアプリに潜む危険性から身を守るにはどうしたらいいか、相手がどんな人間かをどのタイミングでどうやって見抜くかも、いろいろなシーンを想定して教えてくれる。「アプリを使うときにわかっているのは、やりとりしている相手がパソコンを持っているということだけ」（ルール5より）。まさしく、その点をつねに忘れないことが、デジタル時代の恋愛上手になるポイントなのだろう。

もちろん、著者はそういうアプリに頼らない出会いも肯定している。「自分にぴったりの人がいるなんて妄想はやめて、たとえば隣に座っている人やまわりに目を向けて、現実世界のなかでパートナー探しをしましょう」（ルール6より）と呼びかけながら、〝スローフード〟ならぬ〝スローラブ〟も提唱する。

パート3では、〝アルコール〟〝セックス〟〝アダルト動画〟〝暴力〟について語られている。それぞれ恋愛において大きなトラブルを引きおこしかねないのに、恋愛本では真正面からとりあげられにくかったテーマだ。

とくに、マッチングアプリでお手軽セックスが簡単に手に入るようになったにもかかわらず、いまだに誰もがベッドのなかでどう行動するかについてはきちんと教わってきていない。ではどうすればいいのかについても、丁寧にアドバイスしてくれる。

そしてパート4は、恋愛のいわば仕上げ編。自分の直感を信じ、具体的に自分の人生設計をし、まわりに自分が理想とするカップルを見つけたら、それをお手本として自分が愛し、愛を返してくれる人を探せばいい。

「あなたが白馬の王子様を待っているお姫様だとしたら、まずは自分から馬に乗ってみましょう。馬に乗れるようになったら、最初はゆっくりと、次はもう少し速く、その次はもっと速く、あなたと並んで進んでくれる相手を見つけましょう」（ルール15より）。

自分は恋愛べたとあきらめかけていたあなたも、本書を読み終わったときには、理想の相手を求めて自分から馬のあぶみに足をかけているのではないだろうか。

「あなたが女性でも男性でも、どんなセクシュアリティの人でも」（「はじめに」より）、本書のなかのエピソードに大きくうなずいたり、身につまされたり、あるいはハッとするフレーズに出会ったりするだろう。訳者として、本書がこれからのあなたの人生をより豊かにしてくれることを心から願っている。

石山淳

LOVE RULES
ラブ・ルールズ
ネット時代に
最高のパートナーを
見つける15の法則

2019年　8月5日　第1刷発行

著者　ジョアンナ・コールズ
訳者　石山 淳

発行者　土井尚道
発行所　株式会社 飛鳥新社
〒101-0003
東京都千代田区一ツ橋2-4-3 光文恒産ビル
電話（営業）03-3263-7770（編集）03-3263-7773
http://www.asukashinsha.co.jp

イラストレーション　寺田マユミ
ブックデザイン　アルビレオ
印刷・製本　中央精版印刷株式会社

ISBN 978-4-86410-638-2

編集担当　矢島和郎